Karl Olsberg

Das Dorf

Band 13: Schwamm drüber

Published by Karl Olsberg
c/o Briends GmbH, 22041 Hamburg
www.karlolsberg.de

Gewidmet den mutigen Menschen,
die sich der Tyrannei der DDR-Diktatur
entgegenstellten und sie schließlich
zu Fall brachten.

1. Ein Topf Pilzsuppe

Stille herrscht im Dorf am Rand der Schlucht. Die Hammerschläge, die einst aus Porgos Schmiede erklangen, sind ebenso verstummt wie das Gackern der Hühner, die durch die Straßen liefen. Auch das Gebell des Wolfs Paul und das Fauchen der Katze Mina, wenn sie von ihm gejagt wurde, sind nicht mehr zu hören. Sogar die Streitereien der Dorfbewohner haben aufgehört. Nur hin und wieder hört man schlurfende Schritte, wenn einer der Dorfbewohner, begleitet von seinem persönlichen Golem, dem „großen Bruder", ziellos die Dorfstraße entlangwandert, vom einen Ende zum anderen und wieder zurück. Denn nirgendwo sonst kann man noch hingehen, seit das Dorf von einer hohen Mauer umgeben ist.

„Antimonströser Schutzwall" nennen die Golems dieses scheußliche Bauwerk aus grauem Stein. Sie behaupten, es diene nur der Sicherheit der Dorfbewohner. Doch Golina wünscht sich schon lange zurück in die Zeit, als man in der Dunkelheit noch Angst vor Nachtwandlern und Knochenmännern haben musste, die sich hin und wieder ins Dorf wagten. Damals herrschte zwar keine absolute Sicherheit, aber dafür lebten die Dorfbewohner in Freiheit. Gegen die Schrecken der Nacht schützten sie sich, indem sie in ihren

Häusern blieben. Außerdem gab es Asimov, den Golem, der zwar oft schlecht gelaunt, aber längst nicht so aufdringlich war wie die großen Brüder, die nun jeden Dorfbewohner auf Schritt und Tritt verfolgen und bewachen. Und schließlich konnten Kolle mit seiner Nachtwandlerkraft und Golinas geliebter Primo, der offizielle Dorfbeschützer, gemeinsam auch die größten Gefahren bezwingen.

Alle bis auf die Letzte jedenfalls. Als ein Riesenschleim das Dorf angriff, ging Primos Versuch, ihn mit TNT auf den Mond zu schießen, gründlich schief. Der Schleim explodierte in tausend Stücke, die wiederum zu wachsen begannen, so dass das Problem nur noch schlimmer wurde.

Als letzte Rettung blieb nur noch Asimov. Doch als Golina ihm den Befehl gab, Primo, Kolle und den alten Lausius zu retten, egal, was dazu nötig war, ahnte sie nicht, welche Konsequenzen diese Anweisung haben würde. Denn der Golem schuf noch mehr Golems, die wiederum selber neue Golems bauten, mit dem Ergebnis, dass es nun mehrere hundert von ihnen gibt. Asimov selbst machte dabei etwas, das der alte Lausius einen System-Reset nannte. Dadurch wurde sein Gedächtnis gelöscht, und mit ihm auch die drei Golemregeln, die ihn zuvor zwangen, zu tun, was die Dorfbewohner von ihm verlangten, solange es ihnen nicht schadete. Aus Asimov wurde Nummer Null, und die drei Regeln wurden durch eine einzige ersetzt: „Beschütze die Dorfbewohner".

Dass diese einfache und auf den ersten Blick sinnvolle Regel dazu führen würde, dass die Dorfbewohner ihre Freiheit verlieren und wie Gefangene unter ständiger Aufsicht ihrer großen Brüder stehen würden, hätte wohl niemand voraussehen können.

Immerhin hat Golina mit ihrem Befehl ihr eigentliches Ziel erreicht: Primo, Kolle und Lausius wurden gerettet und das Dorf vom Schleim befreit. Doch nachdem Primo aus dem Dorf entkam und versuchte, Nummer Null davon zu überzeugen, dass die Mauer wieder abgerissen werden sollte, hat sie nichts mehr von ihm gehört. Auf alle diesbezüglichen Fragen an ihren Golem erhält sie immer nur dieselbe Antwort: „Primo befindet sich in Sicherheitsverwahrung. Wann diese aufgehoben wird, entscheidet Nummer Null. Dies dient der Sicherheit."

Traurig rührt sie in dem Topf mit Pilzsuppe, die sie zum Mittagessen kocht. Was für einen Sinn hat das Leben, wenn sie ihren geliebten Primo nicht wiedersehen kann? Manchmal möchte sie vor Verzweiflung nur den ganzen Tag im Bett liegen und weinen. Doch sie darf die Hoffnung nicht aufgeben und muss stark sein, wenn schon nicht für sich selbst, dann für Nano.

„Wann kommt Papa zurück?", fragt er jeden Morgen, jeden Mittag und jeden Abend.

Alles, was Golina darauf antworten kann, ist „bald“.

„Wie bald?“, will Nano dann jedes Mal wissen.

„Ich weiß es nicht genau“, ist Golinas Standardantwort. „Aber es dauert bestimmt nicht mehr lange. Und jetzt iss deine Pilzsuppe!“

Nano gehorcht. Seit Primo weg ist, isst er seine Pilzsuppe ohne Murren. Doch das ist für Golina kein Grund zur Freude. Es scheint, als habe auch er alle Lebensfreude verloren, und es sei ihm völlig egal, was er isst.

Früher hatte sie Spaß am Kochen und hat mit verschiedensten Kochrezepten experimentiert: Hühnchen mit Pilzen, Apfelkuchen mit Pilzen und sogar Pilzragout mit Pilzen. Doch in letzter Zeit hat sie einfach keine Lust mehr dazu. Und obwohl ihr Golem ihr auf Wunsch alles bringt, was sie möchte, kocht sie einfach nur immer die gleiche Pilzsuppe.

Golina hört auf, in der Suppe zu rühren. Ein paar Tränen tropfen hinein und machen die ohnehin schon fade braune Brühe noch wässriger. Plötzlich nimmt sie den Suppentopf und wirft ihn wütend aus dem Fenster, so dass er gegen die Mauer prallt und Pilzsuppe in alle Richtungen spritzt.

„Ich will nicht mehr auf diese verdammte Mauer starren!“, schreit sie. „Ich will meinen Primo wiederhaben!“

Sofort entsteht draußen vor dem Haus Aufregung. Golinas großer Bruder, der Golem mit der Nummer Zweiundvierzig, schlägt lautstark Alarm: „Ein Angriff auf den Antimonströsen Schutzwall wurde durchgeführt!"

Zwei Golems eilen herbei. Einer spritzt Wasser aus einem Eimer gegen die Mauer, so dass die Pilzsuppe weggespült wird, während der andere untersucht, ob die Mauer beschädigt wurde.

Schließlich kommt ein weiterer Golem hinzu. Da sich die metallenen Kolosse äußerlich nicht unterscheiden, merkt Golina erst, um wen es sich handelt, als er zu sprechen beginnt: „Was ist hier los, Zweiundvierzig?"

„Mein Schützling hat einen Topf Pilzsuppe gegen den Antimonströsen Schutzwall geschleudert, Nummer Null", berichtet Golinas großer Bruder.

„Warum wurde das nicht verhindert?"

„Ich hatte keinen Zugriff, da sie sich im Inneren des Hauses befand."

„Nehmt dieses Individuum in Sicherheitsverwahrung. Und dann postiert ihr vor jedem Fenster eine Wache, die permanent in jedes Haus hineinsieht und die Bewohner genau beobachtet, so dass uns nichts entgeht und uns ein solcher Fehler nicht noch einmal unterläuft!"

„Jawohl, Nummer Null."

Golina erschrickt. Sicherheitsverwahrung, das bedeutet bestimmt, dass sie in irgendeinen Raum gesperrt wird. Doch dann fällt ihr ein, dass Primo ebenfalls in Sicherheitsverwahrung ist. Vielleicht kann sie ihn auf diese Weise endlich wiedersehen! Andererseits, wenn sie eingesperrt wird, kann sie sich nicht um Nano kümmern.

Ihr kommt eine Idee.

„Nano, wirf einen Teller mit Suppe gegen deinen großen Bruder!“, ruft sie. „Schnell!“

„Aber ich hab doch noch gar keine Suppe bekommen.“

„Dann wirf eben den leeren Teller. Nun mach schon!“

„Warum denn?“

„Damit du bei mir bleiben kannst, wenn ich in Sicherheitsverwahrung komme.“

Nano nimmt den Teller, der vor ihm auf dem Tisch steht, und schleudert ihn aus dem Fenster. Durch die Armbewegung erhält der Teller eine Drehung und segelt erstaunlich elegant auf einer gekrümmten Flugbahn, bis er Nummer Null am Kopf trifft.

„Alarm!“, ruft der Golem. „Ein hinterhältiger terroristischer Angriff auf die Sicherheitskräfte! Sofort den Täter ermitteln und in Sicherheitsgewahrsam nehmen!“

Golina tritt mit Nano vor die Tür.

„Ich war das!“, sagt ihr Sohn stolz.

„Bringt sie in den Hochsicherheitstrakt!“, ruft Nummer Null, dessen rote Augen böse funkeln.

Golina und Nano werden von ihren großen Brüdern zu der einzigen Tür in der Mauer eskortiert, die von zwei weiteren Golems bewacht wird.

„Dorfbewohnern ist das Verlassen des Dorfs verboten“, sagt einer der beiden.

„Mach auf, Einundachtzig“, erwidert Golinas großer Bruder. „Wir bringen die beiden in Sicherheitsverwahrung.“

Der Golem öffnet die Tür und tritt zur Seite, und zum ersten Mal seit vielen Tagen sieht Golina wieder die Welt auf der anderen Seite der Mauer. Die Tür führt auf die Wiese neben der Schlucht. Eine schwarze Stelle im Gras ist zu sehen, wo vor einigen Wochen der Tisch mit den Geburtstagsgeschenken stand, die sich die Dorfbewohner gegenseitig schenken wollten. Durch eine Unachtsamkeit von Priester Magolus explodierte tragischerweise das Überraschungsfeuerwerk, das die Hexe Ruuna vorbereitet hatte, und die Geschenke verbrannten ebenso wie die Bibliothek.

Neben der Schlucht ragt eine Reihe von würfelförmigen Gebäuden aus Metall auf. Jedes hat eine Tür aus Metall, jedoch keine Fenster. Golinas Herz sinkt, als sie begreift, dass genügend dieser Gebäude vorhanden sind, um jeden Dorfbewohner einzeln einzusperren. Ihre Hoffnung, dass sie mit Primo zusammen sein kann, wird sich also nicht erfüllen.

„Los, weiter!“, sagt Nummer Zweiundvierzig unfreundlich und schubst Golina vorwärts.

Sie macht einen Schritt, stolpert über etwas, das am Boden liegt, und schlägt hin.

„Hast du eine Fehlfunktion, Zweiundvierzig?“, ruft Nanos großer Bruder, der die Nummer Neunzehn trägt. „Du kannst doch die Dorfbewohnerin nicht umwerfen! Sie könnte sich dabei verletzen!“

„Führe Systemüberprüfung durch“, erwidert Zweiundvierzig. „Resultat negativ. Keine Fehlfunktion gefunden. Ich habe das Individuum nicht umgeworfen. Sie ist gestolpert.“

Während die beiden reden, rappelt sich Golina auf. Dabei berührt sie mit der Hand etwas Weiches. Merkwürdig: Es fühlt sich so an, als läge dort ein Stück Stoff. Es muss der Grund dafür sein, dass sie hingefallen ist. Doch es ist nichts zu sehen!

Sie hebt den unsichtbaren Stoff auf, während sie aufsteht.

„Bist du verletzt?“, fragt ihr großer Bruder.

„Negativ“, antwortet Golina. „Ich meine, nein.“

Während sie weiter auf die Metallhäuser zugehen, betastet Golina den merkwürdigen Stoff in ihrer Hand.

Er fühlt sich an wie ein Kleid. Aber wieso kann sie es nicht sehen?

„Golina!“, ruft plötzlich eine vertraute Stimme.

„Primo!“, erwidert sie überglücklich. „Wo bist du?“

„Ruhe!“, kommandiert Nummer Zweiundvierzig. „Den Sicherheitsverwahrten ist das Sprechen untereinander verboten!“

Primo ignoriert die Anweisung. „Wie geht es dir, Golina? Und wie geht es Nano?“

„Uns geht es gut“, erwidert Golina. „Na ja, einigermaßen jedenfalls. Das Leben im Dorf ist ...“

Weiter kommt sie nicht, denn ihr großer Bruder packt sie und hält ihr mit einem metallenen Arm den Mund zu.

„Lass meine Mama los!“, schreit Nano, doch das führt nur dazu, dass auch er gepackt und zum Schweigen gebracht wird. Schließlich werden sie in zwei der Häuser gebracht, die am anderen Ende der Reihe liegen, so weit wie möglich entfernt von Primo.

„Los, rein da!“, sagt Nummer Zweiundvierzig und stößt Golina in den metallenen Raum.

Krachend fällt hinter ihr die Tür ins Schloss.

2. Flucht

„Golina!“, ruft Primo. „Kannst du mich hören?“

Dass er sie mit Nano gesehen hat, löst gemischte Gefühle in ihm aus. Einerseits hat er sich darüber gefreut, doch andererseits sind die beiden nun ebenfalls eingesperrt. Wie soll das nur enden?

„Ich habe gesagt, du sollst ruhig sein!“, schimpft Primos großer Bruder, der Golem Nummer Dreiundzwanzig.

„Was willst du mit mir machen, du blöder Metallklumpen?“, erwidert Primo. „Mich in Sicherheitsverwahrung nehmen?“

„Wenn du nicht ruhig bist, werde ich es Nummer Null melden“, droht der Golem.

Das bringt Primo zum Schweigen. Zwar weiß er nicht, was der Anführer der Golems mit ihm anstellen würde, aber er kann sich vorstellen, dass es noch Schlimmeres gibt als diese Zelle, und er will auf keinen Fall von hier weggebracht werden, jetzt, wo Golina und Nano in der Nähe sind. Also gibt er klein bei.

Die Sonne geht unter. Wie jeden Abend bringt ein Golem etwas Brot und Fleisch, das er auf den Boden der Zelle wirft. Primo hat keinen großen Hunger, aber er isst trotzdem. Man kann ja nie wissen, wann man vielleicht seine Kräfte braucht.

Die Nacht ist still. Seit das Dorf von mehreren hundert Golems bewacht wird, trauen sich keine Monster mehr in die Nähe. Nur das Plätschern des nahen Flusses ist zu hören.

Plötzlich erklingt ein metallischer Ruf vom anderen Ende der Zellenreihe: „Alarm! Alarm! Die Sicherheitsverwahrte ist geflohen!"

Aufregung entsteht, als mehrere Golems dorthin laufen. Auch Nummer Dreiundzwanzig verlässt seinen Posten vor der Zelle und rennt davon. Primo drückt seine Nase am Fenster der Tür platt, doch er kann nichts sehen. Hat es Golina tatsächlich geschafft, zu entkommen? Aber wie?

Während er noch rätselt, öffnet sich die Tür seiner Zelle, doch niemand ist zu sehen. Dann hört er eine vertraute Stimme: „Verschwinde! Schnell!"

„Golina?", fragt Primo. „Aber ... wie ..."

„Nun mach schon. Ich verstecke mich und befreie Nano."

Primo versteht immer noch nicht, wieso er Golina hören, aber nicht sehen kann, doch er huscht aus der Zelle und rennt zum Fluss.

Schon erklingt hinter ihm ein lauter Ruf: „Alarm! Alarm! Der Sicherheitsverwahrte aus Zelle eins flieht!"

Die Golems, die vor Golinas Zelle standen, rennen jetzt auf Primo zu. Einer von ihnen versucht, ihm den

Weg abzuschneiden, doch Primo schafft es, sich mit einem Hechtsprung ins Wasser zu stürzen, bevor die Golems ihn erreichen. Rasch durchquert er den Fluss und flieht in den dichten Wald auf der anderen Seite.

„Dreiundzwanzig, Siebzehn, bildet eine Brücke! Maximale Ausführungsgeschwindigkeit!", hört er einen der Golems rufen.

„Negativ, Zweiundvierzig!", erwidert ein anderer. „Deine Befehlsautorität konnte nicht bestätigt werden."

„Einheiten, die sich meiner Anweisung widersetzen, werden Nummer Null gemeldet!"

„Bilde doch selber eine Brücke, du Totschleife!"

„Dies ist eine unzulässige Herabwürdigung meinerseits! Das wird Konsequenzen haben!"

Den Rest der Streiterei bekommt Primo nicht mehr mit. Er ist erst einmal in Sicherheit, denn die Golems können das Wasser nicht ohne Weiteres durchqueren, und solange sie sich darüber zanken, wer ...

Unngh!, erklingt das Stöhnen eines Nachtwandlers ganz in der Nähe.

Früher hätte dieses Geräusch Primo in Panik versetzt. Doch inzwischen ist er ein erfahrener Abenteurer und Dorfbeschützer, der bereits Dutzende der grünen Gestalten erledigt hat.

Doch als Primo sein Schwert ziehen will, wird ihm klar, dass es ihm die Golems abgenommen haben, genau wie seine Diamantrüstung. Er ist unbewaffnet und schutzlos, und leider verfügt er nicht über Kolles Kraft, mit der er einen Nachtwandler auch mit bloßen Fäusten besiegen könnte. So bleibt ihm nur die Flucht.

Hals über Kopf hastet er durch die Dunkelheit. Doch als spürten sie seine Wehrlosigkeit und wollten sich für all die Niederlagen vergangener Abenteuer rächen, kommen nun von allen Seiten Monster auf ihn zu. Nur knapp kann er einem Knallschleicher ausweichen, der plötzlich vor ihm aus einem Gebüsch auftaucht und sich zischend aufbläht. Der Pfeil eines Knochenmanns, der von links heranschießt, verfehlt ihn um Haaresbreite. Und zu allem Überfluss springt direkt vor ihm eine Riesenspinne von einem Baum!

Erschrocken macht Primo einen Satz rückwärts, stolpert und fällt hin.

Unngh!, freut sich ein Nachtwandler, der hinter Primo her stolpert. Bevor er sich aufrappeln kann, hat das Monster ihn erreicht und holt mit seinem Arm zu einem Schlag aus.

In diesem Moment schießt etwas Helles durch die Dunkelheit. Der Nachtwandler wird von den Beinen gerissen, als Paul, der Wolf, ihn anspringt und sich knurrend auf ihn stürzt.

Rasch rappelt sich Primo auf. „Braver Wolf!“, ruft er. „Komm, Paul!“

Der Wolf lässt von dem Nachtwandler ab und folgt Primo. Doch der hat sich in der Dunkelheit unter den Bäumen verirrt und weiß nicht mehr, in welche Richtung er gehen muss.

„Such Ruuna!“, sagt Primo.

Paul spitzt die Ohren und sieht ihn fragend an.

Zu dumm, dass Tiere nicht sprechen können. Wie soll Primo ihm erklären, wen er meint? Ihm fällt nichts anderes ein, als sich die Nase zuzuhalten, um anzudeuten, dass Ruuna mit ihren Tränken oft unangenehme Gerüche verbreitet.

Der Wolf wedelt mit dem Schwanz und schnüffelt am Boden. Dann läuft er in eine Richtung. Primo folgt ihm unsicher. Doch tatsächlich sieht er bald ein Licht hinter den Baumstämmen auftauchen, und kurz darauf erreichen sie Ruunas und Willerts Hütte.

Er klopft an die Tür. „Ruuna! Willert! Macht auf! Ich bin's, Primo!“

Die Hexe öffnet die Tür. „Primo! Um Notchs Willen, was machst du denn hier mitten in der Nacht?“

„Tut mir leid, dass ich euch wecke“, sagt Primo, als Willert hinter Ruuna erscheint und sich die müden Augen reibt. „Ich bin vor den Golems geflohen.“

„Vor den Golems?“, fragt Willert. „Was denn für Golems? Und wieso fliehst du vor ihnen?“

Primo fällt ein, dass Magolus es Ruuna streng verboten hat, sich dem Dorf zu nähern. So haben die beiden vermutlich gar nicht mitbekommen, was passiert ist.

„Das ist ja schrecklich!“, ruft Ruuna aus, nachdem Primo ihnen ins Haus gefolgt ist und die ganze Geschichte erzählt hat. „Dann kann ich ja nie wieder mit der Kreisbahn fahren!“

„Wie hat es Golina denn eigentlich geschafft, zu entkommen und deine Zellentür zu öffnen?“, fragt Willert.

Primo zuckt mit den Achseln. „Das weiß ich auch nicht.“

„Aber ich“, erklärt Ruuna. „Sie hat sich unsichtbar gemacht, ist doch logisch!“

„Aber wie sollte sich Golina ...“, beginnt Primo, doch dann wird es ihm plötzlich klar. „Das Kleid, das ich ihr zum Geburtstag schenken wollte! Ich dachte, es wäre verbrannt. Aber vielleicht ist es vom Tisch gerutscht, als Magolus die Raketen angezündet hat. Golina muss es zufällig gefunden haben. Was für ein Glück! Dabei dachte ich ...“

Primo erinnert sich daran, wie er es bereute, zu Ruuna gegangen zu sein und sie um ein unsichtbares Kleid gebeten zu haben, weil er dachte, es würde Golina nackt aussehen lassen, wenn sie es trägt. Dass es sie stattdessen unsichtbar macht, hätte er nicht erwartet. Wie schlau von ihr, das Kleid so über ihren Kopf zu ziehen, dass sie vollständig unsichtbar wurde!

„Wo ist Golina jetzt?“, fragt Willert.

„Ich ... ich weiß es nicht“, sagt Primo. „Ich musste vor den Golems fliehen. Sie wollte Nano befreien, hat sie gesagt ... Oh bei Notch, hoffentlich irren die beiden jetzt nicht alleine im Wald herum und werden von Monstern angegriffen!“

3. Die Produktionsstätte

Während die Golems hinter Primo herrennen, schleicht sich Golina zu dem Metallhaus, in dem Nano eingesperrt ist. Sie drückt auf den Knopf neben der Tür, die daraufhin aufspringt.

„Nano!“, flüstert sie. „Komm schnell!“

„Mama?“, fragt Nano verunsichert.

„Ja, ich bin’s. Komm, wir müssen von hier verschwinden!“

„Ich ... ich hab Angst, Mama! Bist du ... ein Geist?“

„Nein. Ich habe bloß ein unsichtbares Kleid an. Sieh mal.“

Sie zieht das Kleid etwas herab, so dass ihr Kopf zum Vorschein kommt. Doch Nano erschreckt dieser Anblick noch mehr.

„Hilfe!“, ruft er. „Ein schwebender Kopf!“

„Psst!“, macht Golina. „Komm her!“

Zögernd nähert sich Nano. Er streckt eine Hand nach ihr aus. Als er das unsichtbare Kleid berührt und spürt, dass seine Mutter tatsächlich vor ihm steht, lächelt er.

„Cool! Darf ich das auch mal anziehen?“

„Später. Jetzt müssen wir erstmal von hier verschwinden!“

Nano folgt ihr. Golina sieht sich um und überlegt, wohin sie sich wenden sollen. Zum Fluss zu gehen und in den Wald zu fliehen wie Primo scheidet aus, denn die Golems stehen dort am Ufer und diskutieren lautstark, wer von ihnen eine Brücke bilden muss und wer stattdessen darüber gehen darf. Für den Moment sind sie abgelenkt, aber die Gefahr wäre viel zu groß, dass einer von ihnen Nano entdeckt. Primo scheint entkommen zu sein, doch sie ist sich sicher, dass ihr Sohn weniger Glück hätte.

Doch wohin sonst könnten sie gehen? Das Dorf ist von einer hohen Mauer umgeben, und selbst, wenn sie die irgendwie überwinden könnten, säßen sie darin ja doch bloß in der Falle.

Die einzige Versteckmöglichkeit, die Golina einfällt, ist die Höhle unter dem Dorf. Nicht gerade ein sicherer Ort, aber dort können sie zumindest bleiben, bis ihr etwas Besseres eingefallen ist. Sie huschen zur Mauer, in deren Schatten Nano nur schwer zu sehen ist, und schleichen in östlicher Richtung. Doch auf einmal hören sie metallene Schritte. Mehrere Golems kommen ihnen entgegen!

Golina nimmt Nano in die Arme und stellt sich mit ihm an die Mauer, so dass das unsichtbare Kleid sie beide verbirgt.

Während die Golems an ihnen vorbeirennen, hört sie ihre metallischen Stimmen: „... weiß auch nicht, wie das passieren konnte, Nummer Null. Die Arrestzelle muss eine Fehlfunktion haben."

„Unlogisch!“, widerspricht der Anführer der Golems. „Die Arrestzelle besteht bloß aus Metallblöcken und einer Tür. Wie soll sie eine Fehlfunktion haben?“

„Ich weiß es nicht.“

Den Rest der Unterhaltung bekommt Golina nicht mit. Als die Golems außer Sichtweite sind, huscht sie mit Nano weiter.

Es gelingt ihnen, den Eingang der Höhle unter dem Dorf zu erreichen. Golina überlegt, ob sie nicht lieber doch weiter Richtung Osten fliehen sollen, als sich erneut Schritte nähern.

„Sie können nicht weit sein!“, hört sie die metallische Stimme des Golemanführers, der von der Wiese neben der Schlucht zurückkehrt. „Postiert Wachen um das Dorf und am Flussufer! Ich will, dass kein Huhn mehr zwischen euch hindurchpasst!“

Golina packt Nano am Arm und zerrt ihn in die Höhle. Das Innere ist mit Fackeln ausgeleuchtet. Das ist einerseits gut, denn auf diese Weise laufen sie nicht Gefahr, Monstern zu begegnen. Andererseits ist Nano im hellen Licht leicht zu sehen. Dummerweise nähern sich die Schritte der Golems dem Eingang. Ihr bleibt nichts anderes übrig, als tiefer in die Höhle zu laufen.

Sie erreichen eine breite, gewundene Treppe, die in die Tiefe führt. Golina weiß, dass dort unten die Tiefenschlucht liegt. Es ist gefährlich, sich unbewaffnet dort hinunter zu begeben. Doch sie hat keine Wahl, wenn sie nicht von Nummer Null und seinen Begleitern erwischt werden will.

Hastig stolpert sie mit Nano die Treppe hinab. Keine Sekunde zu früh, denn kaum, dass sie um die erste Biegung der Wendeltreppe verschwunden sind, sind über ihnen die Schritte der Golems zu hören. Sie folgen ihnen in die Tiefe!

Schlimmer noch: Als Golina und Nano weiter hinabsteigen, dringen von unten Geräusche herauf: vielfältige Stimmen, Klopfen und das Trampeln hunderter metallischer Füße.

Kurz darauf erreichen sie das untere Ende der Treppe. Golina erschrickt bei dem Anblick, der sich ihr bietet. Anstelle der schmalen, aber sehr tiefen Schlucht, die hier früher war, erstreckt sich vor ihr ein riesiger Hohlraum, so groß, dass sie die Wände kaum erkennen kann.

Es wimmelt überall von Golems. Einige hämmern mit Spitzhacken Eisenerz aus den Wänden, andere schleppen es zu einer langen Reihe von Schmelzöfen in der Mitte der Höhle, wo es eingeschmolzen und zu Eisenblöcken gegossen wird. Wieder andere tragen Kürbisse herbei, wobei nicht erkennbar ist, woher sie diese haben. Ein paar Golems in der Mitte setzen aus je drei Eisenblöcken und einem Kürbis neue Golems zusammen, die augenblicklich zum Leben erwachen und sich ihrerseits an die Arbeit machen, um noch mehr Golems herzustellen.

Golina wird klar, dass die Golem-Katastrophe noch schlimmer ist, als sie dachte. Wenn es so weitergeht, dann besteht womöglich bald die ganze Welt nur noch aus Golems!

Doch sie hat keine Zeit, darüber nachzudenken, denn Nummer Null und seine Begleiter sind nur noch wenige Schritte über ihr. Gehetzt sieht sie sich um und entdeckt in der Nähe eine große Kiste.

„Schnell, da rein!", flüstert sie Nano zu, während sie die Kiste öffnet.

Ihr Sohn zögert einen Moment - schließlich hat er als kleines Kind schlechte Erfahrungen damit gemacht, in Kisten zu klettern. Doch schließlich gehorcht er. So leise es geht, schließt sie die Kiste über ihm und bleibt reglos stehen.

In diesem Moment erreichen Nummer Null und drei andere Golems den Fuß der Treppe. Der Golemanführer bleibt stehen.

„Habt ihr das gehört?", fragt er.

„Was denn, Nummer Null?"

„Da war ein Geräusch. Es klang, als habe sich eine Kiste geöffnet und wieder geschlossen."

„Negativ, Nummer Null. Ich habe nichts gehört."

„Das ist unlogisch“, meldet sich ein anderer Golem zu Wort. „Kisten können sich nicht von selbst öffnen und schließen.“

„Ich habe auch nicht behauptet, dass die Kiste sich von selbst geöffnet und geschlossen hat. Ich habe gesagt, es hat sich so angehört.“

„Aber hier ist niemand, der eine Kiste öffnen oder schließen könnte. Also kannst du auch kein solches Geräusch gehört haben.“

Nummer Null erwidert nichts, sondern verschwindet hinter einer Ecke. Die anderen Golems folgen ihm.

Erst, als sie außer Hörweite sind, erlaubt es sich Golina, Luft zu holen. Rasch öffnet sie den Deckel der Kiste und befreit Nano. Sie fasst ihn an der Hand und zerrt ihn in Richtung der Treppe. Hier unten können sie auf keinen Fall bleiben! Die Gefahr, dass sie erwischt werden, ist viel zu ...

„Wusste ich’s doch!“, ertönt eine metallische Stimme. „Ergreift den Jungen!“

Mehrere Golems, die sich hinter einer Felskante verborgen hatten, stürzen auf sie zu. Ehe Golina es verhindern kann, wird Nano von Nummer Null gepackt.

„Nein!“, schreit er. „Mama!“

Verzweifelt klammert er sich an Golina fest. Der Golem zerrt an ihm, und das unsichtbare Kleid zerreißt mit einem hässlichen Geräusch, so dass Golina plötzlich sichtbar wird. Ehe sie reagieren kann, packen zwei der anderen Golems sie an den Armen.

„Eine Tarnvorrichtung. Sehr interessant“, stellt Nummer Null fest. „Bringt sie zurück in ihre Sicherheitszellen! Und verdoppelt die Wachen. Ich will keine weiteren Pannen. Wir können nicht zulassen, dass sich diese Individuen erneut in Gefahr bringen.“

Alles Schimpfen und Flehen nützt nichts: Golina und Nano werden zurück in ihre Zellen gebracht.

Als Golina das letzte Mal hier eingesperrt war, zog sie sich einfach das unsichtbare Kleid über den Kopf und wartete. Als einer der Golems ihr das Abendbrot brachte, dachte er, die Zelle sei leer, und schlug Alarm. Nummer Dreiundzwanzig, Golinas großer Bruder, kam in die Zelle, um sich selbst davon zu überzeugen, dass sie verschwunden war. Während er nach ihr suchte, schlüpfte sie an ihm vorbei durch die offenstehende Tür.

Doch diesen Trick kann sie ohne ihr unsichtbares Kleid kein zweites Mal anwenden. Sie ist nun endgültig gefangen. Ihr einziger Trost ist es, dass sie Primo helfen konnte, zu entkommen. All ihre Hoffnungen ruhen nun auf ihm.

4. Die Mauer muss weg

Die Sonne geht bereits auf, als Primo, Willert und Ruuna zur Hütte zurückkehren. Sie haben den ganzen Wald abgesucht, doch keine Spur von Golina und Nano gefunden. Auch Paul, der Wolf, konnte diesmal nicht helfen.

„Hoffentlich ist ihnen nichts passiert!“, sagt Primo voller Sorge.

„Ach was“, meint Ruuna. „Golina ist schließlich eine Frau.“

„Was hat das denn damit zu tun?“, fragt Willert.

„Frauen sind nun mal vernünftiger“, behauptet Ruuna. Als Willert sie nur schweigend mit hochgezogener Augenbraue ansieht, fragt sie: „Was denn? Stimmt das etwa nicht?“

Primo zieht es vor, sich in diese Diskussion nicht einzumischen.

„Was machen wir denn jetzt?“, fragt Willert.

„Frühstücken!“, antwortet Ruuna und stellt frisches Brot und Pilzsuppe auf den Tisch.

Primo hat nicht viel Appetit, isst aber trotzdem etwas. Währenddessen denkt er darüber nach, wie sie sich aus der hoffnungslosen Lage, in die sie geraten sind, befreien könnten. Doch ihm fällt nichts ein.

„Wir müssen die anderen Dorfbewohner befreien“, meint Willert. „Wir könnten zum Beispiel einen Tunnel unter der Mauer hindurch graben, der in einem der Häuser endet. Dann könnten die anderen dadurch entkommen. Wenn die Golems das Dorf unbewohnbar machen, dann müssen wir eben woanders ein neues Dorf bauen."

„Au ja", sagt Ruuna. „Mit einer doppelt so großen Kreisbahn!"

„Ich fürchte, das wird nicht funktionieren", widerspricht Primo. „Die Golems wollen uns Dorfbewohner beschützen, ob es uns gefällt oder nicht. Sie werden uns überall hin folgen. Und es steht zu befürchten, dass es immer mehr werden. Nummer Null hat etwas von einer Produktionsstätte gesagt, und wenn ich mich nicht täusche, dann werden dort noch mehr Golems hergestellt."

„Aber es muss doch irgendeine Möglichkeit geben, der Golem-Plage Herr zu werden!"

„Klar gibt es die", sagt Ruuna.

Primo und Willert drehen sich überrascht zu ihr um.

„Ach ja?", fragt Primo. „Welche denn?"

„Ganz einfach: Man muss den Golems Vernunft beibringen. Sie müssen begreifen, dass sie die Dorfbewohner nicht auf Schritt und Tritt bewachen und sie erst recht nicht einsperren dürfen. Sie können von mir aus gegen Nachtwandler und Knallschleicher kämpfen, aber die Würde der Dorfbewohner ist unantastbar!"

„Und wie willst du das machen?", fragt Willert.

Ruuna zuckt mit den Schultern. „Weiß ich doch nicht. Ich verstehe nicht viel von Golems. Mein Spezialgebiet sind Zaubertränke."

„Na toll!", grummelt Willert. „Was nützt es, wenn du Vorschläge machst, von denen du nicht weißt, wie man sie umsetzen soll?"

Doch Ruunas Vorschlag hat Primo auf eine Idee gebracht.

„Ich muss mit Lausius sprechen", sagt er. „Er hat vorausgesehen, dass die Golems zum Problem werden könnten. Vielleicht weiß er, wie wir die Golem-Plage beenden können."

„Aber Lausius ist doch im Dorf gefangen!"

„Richtig. Aber vielleicht kann ich zu ihm gelangen, ohne dass es die Golems merken. Ruuna, kannst du mir einen Unsichtbarkeitstrank brauen?"

„Klar kann ich das. Ich kann dir aber auch einfach einen geben. Ich hab immer ein paar griffbereit, für alle Fälle."

„Willst du, dass wir dich ins Dorf begleiten?", fragt Willert.

„Nein, ihr bleibt lieber hier. Falls die Golems mich erwischen sollten, seid ihr beide die einzigen, die noch etwas unternehmen können."

„Okay. Hier, nimm auf alle Fälle eine Waffe mit."

Willert drückt Primo ein Schwert in die Hand, während ihm Ruuna zwei Glaskolben mit dem Zaubertrank reicht.

Primo bedankt sich und bricht sofort auf. Paul lässt er in der Obhut von Willert und Ruuna zurück. Die Hexe verspricht, sich gut um den Wolf zu kümmern und ihn regelmäßig zu füttern. Auf eindringliche Mahnungen von Primo und Willert hin verspricht sie, dabei keinerlei Kraftfutter oder andere magisch verstärkte Futtermittel einzusetzen.

Als Primo das Flussufer erreicht, sieht er zu seinem Entsetzen, dass die Zellen, in denen Golina und Nano untergebracht waren, von mehreren Golems bewacht werden. Das kann nur bedeuten, dass Golina beim Versuch, Nano zu befreien, geschnappt und wieder eingesperrt wurde. Zu allem Überfluss blockieren die Golems den Zugang zu dem Knopf, mit dem die Zellentür geöffnet werden kann. Selbst unsichtbar kann Primo seiner Frau nicht helfen.

Er trinkt eine Flasche mit Zaubertrank aus und überzeugt sich, dass er wirklich unsichtbar ist, indem er eine Hand vor die Augen hält. Als er problemlos hindurchsehen kann, stapft er durch das Wasser. Einige Golems in der Nähe drehen die Köpfe, als sie das platschende Geräusch hören, doch da sie nichts entdecken können, wenden sie ihre Aufmerksamkeit wieder in eine andere Richtung. Primo schleicht quer über die

Wiese neben der Schlucht. Doch wie soll er die Mauer überwinden, um ins Dorf zu gelangen?

Der einzige Zugang scheint die Tür zu sein, durch die er aus dem Dorf geschleppt wurde. Doch die ist geschlossen, und wenn er sie öffnet, würden die Golems das sicher bemerken und ihn vielleicht schnappen, unsichtbar oder nicht. Also stellt er sich neben die Tür an die Mauer und wartet.

Eine Weile geschieht nichts, und Primo fragt sich, was geschieht, wenn die Wirkung des Unsichtbarkeitstranks nachlässt. Er hätte Ruuna fragen sollen, wie lange der Trank wirkt. Doch dazu ist es nun zu spät.

Plötzlich hört er vielstimmige Rufe aus dem Dorf: „Die Mauer muss weg! Die Mauer muss weg! Die Mauer muss weg …"

Immer wieder skandieren seine Freunde diese Worte. Doch dann scheint ein Tumult auszubrechen. Schreie ertönen. „Lass mich runter, du Grobian!", brüllt jemand.

Die Tür öffnet sich, und ein Golem erscheint. Mit seinen Metallarmen hält er Olum umklammert, der ein Schild mit der Aufschrift „Wir sind die Dorfbewohner!" hält.

„Lass mich runter!", brüllt der Fischer. „Freiheit für das Dorf! Die Mauer muss weg!"

„Sei still!", schnarrt der Golem, der ihn trägt. Doch Olum denkt gar nicht daran, sondern ruft weiter.

Bevor sich die Tür wieder schließt, huscht Primo rasch hindurch.

Auf dem Platz vor der Kirche herrscht Chaos. Golems rennen hinter den Dorfbewohnern her, die sie beschützen sollen, die aber nicht beschützt werden wollen und vor ihnen davonlaufen. Überall liegen Schilder herum, auf denen Parolen wie „Weg mit den großen Brüdern!", „Freier Blick auf die Schlucht!" und „Golem-Kraft, nein danke!" stehen.

Primo huscht zur Bibliothek. Wie er vermutet, hat sich Lausius nicht an den Protesten beteiligt, sondern sitzt in einer Ecke und kritzelt auf der Wand herum.

„Warum schreibst du denn nicht auf Papier?", fragt Primo.

Lausius zuckt zusammen und sieht sich verwirrt um. „Was? Wie? Wo?"

Primo fällt ein, dass Lausius ihn nicht sehen kann. „Ich bin's, Primo", sagt er.

„Ach, du", gibt Lausius zurück. „Warum störst du mich? Ich arbeite gerade an einem schwierigen Problem."

„Wir müssen etwas gegen die Golemplage unternehmen. Deshalb bin ich hier. Hast du eine Idee, wie wir die Golems loswerden?"

„Es gibt nur eine Möglichkeit", erwidert Lausius.

Primo hofft, dass er jetzt nicht vorschlagen wird, die Golems auf den Mond zu schießen. Doch stattdessen sagt Lausius gar nichts, sondern kritzelt weiter auf der Wand herum.

„Und welche?“, fragt Primo ungeduldig.

„Wir müssen sie neu programmieren.“

„Progra... was?“

„Golems sind Maschinen. Sie führen komplizierte Programme aus. Man kann diese Programme ändern. Aber das ist nicht so einfach, und man muss vorsichtig sein. Du siehst ja, was dabei rauskommt, wenn man schlampig ist.“

„Aha. Und wie geht das?“

„Das ist ganz einfach. Man muss bloß ... Ach, Mist. Ich brauche unbedingt einen Schwamm!“

„Einen was?“

„Einen Schwamm. Besorg mir einen, dann kümmere ich mich um die Golems.“

„Und woher bekomme ich einen Schwamm?“

„Aus dem Meer natürlich. Man findet sie in speziellen Kammern in Ozeanmonumenten. Und jetzt lass mich weiterarbeiten, ich muss mich konzentrieren.“

Primo versucht, aus Lausius weitere Informationen herauszubekommen, doch der Alte beachtet ihn gar nicht mehr. Also verlässt er die Bibliothek und macht sich auf den Rückweg.

Gerade wird Margi von ihrem großen Bruder in Richtung der Tür geschleppt. Kolle, der grün angelaufen ist, kann nur von vier Golems gebändigt werden. Primo beschließt, den Tumult zu nutzen, um sich davonzustehlen, und schleicht hinter Margis großem Bruder her.

Doch gerade, als sie die Tür erreichen, hört er hinter sich einen schnarrenden Ruf: „He, da ist ja noch einer! Wo kommt der denn auf einmal her?"

„Das ist ja der Entflohene! Nummer fünfzig, schnapp ihn dir!"

Als Primo sich umdreht, sieht er mehrere Golems auf sich zu rennen. Er blickt an sich herab und sieht seine Befürchtung bestätigt: Die Wirkung von Ruunas Unsichtbarkeitstrank hat nachgelassen!

Rasch holt er die zweite Flasche hervor und trinkt sie in einem Zug aus. Doch seltsam: Der Trank schmeckt ganz anders als beim ersten Mal, und zu seinem Entsetzen muss Primo feststellen, dass er keineswegs unsichtbar geworden ist.

Schon hat einer der Golems ihn erreicht und will ihn packen, doch da passiert etwas Seltsames: Primo schwebt in die Luft empor! Der Golem versucht, ihn mit seinen langen Metallarmen festzuhalten, doch er ist bereits außer Reichweite.

Verblüfft sieht Primo sich um. Das Dorf unter ihm wird rasch kleiner. Golems und Dorfbewohner starren zu ihm hinauf. Ruuna muss ihm aus Versehen statt eines zweiten Unsichtbarkeitstranks einen Flugtrank mitgegeben haben. Aber das ist ein Glück, denn so kann er den Golems gerade noch entkommen.

Doch als er immer höher emporschwebt, wird ihm klar, dass ihn das nur in noch größere Schwierigkeiten bringt. Zwar können ihn die Golems jetzt nicht mehr erreichen, aber er kann hier oben auch nichts ausrichten. Und wenn die Wirkung des Flugtranks nachlässt ...

Höher und höher steigt er auf. Bald durchstößt er die Wolken, und es wird um ihn herum neblig. Das Dorf unter ihm sieht von hier oben winzig aus. Er muss hilflos mitansehen, wie die Dorfbewohner von den Golems gepackt und zu den Sicherheitszellen geschleppt werden. So sehr er auch mit den Armen wedelt, es gibt nichts, was er tun kann.

In diesem Moment fällt ihm auf, dass er nicht auf der Stelle schwebt, sondern sich langsam zu bewegen scheint. Ein leichter Wind weht ihn langsam in Richtung Westen, über die Mauer hinweg und auf die Schlucht zu. Mit ein bisschen Glück schafft er es vielleicht bis zum Fluss. Nein, dafür braucht er nicht ein bisschen Glück, sondern ganz, ganz viel, denn von hier oben sieht das blaue Band des Flusses winzig aus, so schmal wie eine der krummen Linien, die Lausius auf seine Wände malt.

„Bitte, lieber Notch, lass doch den Wind ein wenig stärker wehen, so dass ich es noch bis zum Fluss schaffe!“, fleht er.

Doch kaum hat er das Gebet ausgesprochen, spürt er, wie er tiefer sackt, erst langsam, dann immer schneller. Es scheint fast, als hätte Notch noch die eine oder andere Rechnung mit Primo offen. Hätte er doch bloß damals nicht das Huhn in der Kiste mit dem Heiligen Buch versteckt ...

Unaufhaltsam stürzt Primo in die Tiefe. Die Schlucht liegt genau unter ihm, dunkel und breit wie das Maul eines riesigen Monsters, das gierig nach ihm schnappt. Die Golems auf der Wiese neben der Schlucht starren zu ihm hinauf. Weiter hinten sieht er die metallenen Sicherheitszellen. *Hoffentlich geht es Golina und Nano gut,* ist sein letzter Gedanke, bevor er in den gähnenden Abgrund stürzt.

5. Das Verhör

„Guck mal, Mama, da oben am Himmel fliegt Papa!“, ruft Nano aus der Nebenzelle.

Golina seufzt. Sie bleibt in der Ecke ihres Gefängnisses hocken. Wenigstens hat der Junge immer noch seine blühende Fantasie. Golina jedoch verliert allmählich jede Hoffnung. Wie sollen sie nur jemals dieser Golemplage Herr werden, zumal die Golems unter der Erde immer noch mehr ihresgleichen herstellen?

Wieder und wieder zermartert sie sich den Kopf, welchen Befehl sie Asimov hätte geben müssen, damit er Primo, Kolle und Lausius gerettet hätte, ohne dass die Lage so außer Kontrolle geraten wäre. Doch ihr fällt keine Lösung ein. Und so kommt sie ein weiteres Mal zu dem Schluss, dass sie nicht anders hätte handeln können. Lieber ist sie hier in dieser Zelle eingesperrt, als dass sie den Tod Primos und seiner Freunde bei der Schleimkatastrophe in Kauf genommen hätte.

Draußen vor der Zelle entsteht ein Tumult. Golina springt auf und läuft zu dem winzigen Fenster in der Stahltür. Mit Grausen sieht sie, dass eine lange Reihe von Golems aus dem Dorf kommt. Jeder von ihnen umklammert mit seinen Armen einen strampelnden und schimpfenden Dorfbewohner. Einer nach dem anderen werden sie in die noch leeren Metallgebäude gesperrt.

„Lass mich los, bei Notch, oder ich werde dafür sorgen, dass du im Höllenfeuer des Nethers eingeschmolzen wirst!“, hört sie Magolus schimpfen.

Doch der Priester wird auch nicht besser behandelt als die übrigen Dorfbewohner. Nach einer Weile hören die wütenden Rufe auf, und Stille senkt sich über die Wiese neben der Schlucht. Deprimiert kehrt Golina in ihre Ecke zurück.

Ist das wirklich das Ende des Dorfs? Müssen sie nun den Rest ihres Lebens in diesen grauen Zellen eingesperrt verbringen? Die Vorstellung treibt ihr die Tränen in die Augen, besonders, wenn sie dabei an Nano denkt, der so gerne mit Paul, dem Wolf, draußen herumgetollt ist und sich dabei immer wieder aufregende Geschichten ausgedacht hat, so wie die von dem Ferkel, das angeblich vom Blitz getroffen wurde und danach aufrecht gehen und sprechen konnte. Er hat ihr sogar erzählt, er sei mit Maffi im Nether gewesen. Sie kann nur hoffen, dass seine Fantasie dem Jungen hilft, die eintönige Gefangenschaft zu erdulden. Auch, wenn ihre Körper hier eingesperrt wurden, sind ihre Gedanken immer noch frei.

Wieder sind draußen die schweren Schritte eines Golems zu hören. Doch diesmal werden sie nicht von den wütenden Protesten eines Dorfbewohners begleitet. Während Golina sich noch fragt, was das zu bedeuten hat, blickt unvermittelt ein metallenes Gesicht mit leuchtend roten Augen durch das Gitterfenster zu ihr hinein.

„He, du da“, sagt er. „Du bist die Gefährtin des Aufrührers, richtig?“

„Wenn du damit unseren Dorfbeschützer Primo meinst, dann ja“, gibt Golina zurück.

„Wie ich schon klargestellt habe, sind nun wir Golems für den Schutz der Dorfbewohner zuständig, und wie man sieht, ist das auch dringend nötig. Ich muss dich deshalb im Interesse der Sicherheit des Dorfes auffordern, mir mitzuteilen, welche Pläne besagtes Individuum hat.“

„Ich weiß nicht, wo Primo ist und was er vorhat“, sagt Golina wahrheitsgemäß.

„Es besteht eine achtzigprozentige Wahrscheinlichkeit, dass diese Aussage unwahr ist“, gibt der Golem zurück, bei dem es sich um den Anführer, Nummer Null, handeln muss. „Ich fordere dich nochmals auf, mir alles mitzuteilen, was du über die Pläne dieses Individuums weißt.“

„Ich weiß, dass Primo einen Weg finden wird, euch alle in den Nether zu schicken, oder irgendwo anders hin, so dass wir wieder in Freiheit leben können!“, sagt Golina bitter.

„Aha. Wusste ich es doch. Ihr Dorfbewohner lügt, wenn ihr den Mund aufmacht! Damit gefährdet ihr nur eure eigene Sicherheit. Raus mit der Sprache, was hat dieser Primo vor?"

„Selbst, wenn ich es wüsste, ich würde es dir bestimmt nicht sagen, Eisenhirn!"

„Ich werde es auch ohne deine Mitwirkung herausfinden", gibt der Golem kalt zurück. „Doch du könntest dir und deinem Sohn das Leben deutlich erleichtern, wenn du mit mir kooperieren würdest, im Interesse der Sicherheit aller Dorfbewohner!"

Golina läuft ein kalter Schauer über den Rücken. Was meint er damit? Ist das etwa eine Drohung? Egal, sie wird Primo niemals verraten, was auch immer dieser Golem sagt! Dabei weiß sie ja nicht einmal, wo er ist und was er vorhat.

„Mein Papa wird kommen und euch alle verhauen!", ruft in diesem Moment Nano aus der Nachbarzelle. „Er kann nämlich fliegen und hat Superkräfte!"

Golina zuckt zusammen. Hätte Nano doch nur den Mund gehalten! Doch es ist zu spät. Nummer Null wendet sich von Golina ab und geht zur Tür von Nanos Zelle.

„Was weißt du darüber?", hört Golina ihn fragen.

„Ich weiß, dass mein Papa viel klüger und stärker ist als du doofer Eisenmann!", gibt Nano zurück.

„Woher wusstest du, dass das Individuum namens Primo fliegen kann?", fragt Nummer Null.

Golina glaubt, sich verhört zu haben. Ist Primo etwa wirklich durch den Himmel geflogen? Sie muss an den Flugtrank denken, den Ruuna ihr braute, um damit auf die Spitze des Himmelsturms zu schweben. Hat Primo auch einen solchen Trank benutzt? Aber wozu? Und wo ist er jetzt?

„Das weiß doch jeder!", behauptet Nano. „Und außerdem kann er sich unsichtbar machen, genau wie meine Mama!"

Der Kopf von Nummer Null erscheint wieder im Fenster von Golinas Zellentür. Seine roten Augen leuchten böse.

„Ich werde nicht zulassen, dass durch deine Starrsinnigkeit die Sicherheit der anderen Dorfbewohner gefährdet ist", sagt er, und seine metallische Stimme klingt drohend. „Das Individuum namens Primo ist ein gefährlicher Unruhestifter, der die öffentliche Sicherheit gefährdet. Wir müssen ihn fassen und in Sicherheitsgewahrsam nehmen. Wenn du mir nicht dabei hilfst, werden dein Sohn und du so lange nichts mehr zu Essen bekommen, bis du deine Meinung änderst!"

„Das ist eine leere Drohung", entgegnet Golina. „Wenn wir verhungern, hast du unsere Sicherheit verletzt."

„Wenn ich die Wahl zwischen der Sicherheit eines einzelnen Dorfbewohners und der aller übrigen Dorfbewohner habe, dann entscheide ich mich selbstverständlich für die Sicherheit der Mehrheit“, gibt der Golem eisig zurück. „Also, woher hat Primo die Fähigkeit, sich unsichtbar zu machen und zu fliegen? Nach meiner Kenntnis verfügen gewöhnliche Dorfbewohner nicht über diese Eigenschaften.“

„Mach mit mir, was du willst, du Null!“, erwidert Golina. „Von mir erfährst du nichts, ganz egal, was du tust.“

„Nun gut, wie du willst“, sagt Nummer Null, wendet sich ab und stapft davon.

6. Anglerglück

Primo schlägt mit hoher Geschwindigkeit auf dem Boden der Schlucht auf. Doch dieser ist nicht hart, wie man es von einer Felsenschlucht erwarten würde, sondern weich und nachgiebig, so dass er ein ganzes Stück weit einsinkt, bevor der seltsame Schluchtboden zurückfedert und ihn wieder emporschleudert.

Während er im hohen Bogen wieder aus der Schlucht herauskatapultiert wird, erkennt er den Grund: Die Golems haben die Schleimreste in die Schlucht geworfen, als sie das Dorf säuberten. Der Schleim, der ihn fast getötet hätte, ist nun auf einmal seine Rettung!

Jedenfalls vorübergehend, denn schon stürzt Primo erneut in die Tiefe. Ein weiteres Mal wird er vom elastischen Schleim am Grund der Schlucht emporgeschleudert, nicht ganz so hoch wie beim ersten Mal. Diesmal trägt ihn seine Flugbahn über das westliche Ende der Schlucht hinaus, und er landet platschend im Wasser des Flusses, der hier nahe am Abgrund vorbeifließt. Es scheint, als hätte Notch sein Gebet doch noch erhört.

Triefend nass stapft Primo aus dem Wasser, während ihm mehrere Golems vom anderen Ufer aus grimmige Blicke zuwerfen. Bevor sie eine Brücke über den Fluss bauen können, verschwindet er im dichten Wald.

Als er kurz darauf Willerts Hütte erreicht, begrüßt ihn Paul mit wedelndem Schwanz, und auch Ruuna und Willert sind erleichtert, dass er wohlbehalten zurückgekehrt ist.

„Hast du mit Lausius sprechen können?“, fragt Willert.

„Ja“, erwidert Primo.

„Und? Hat er dir gesagt, wie wir die Golems aufhalten können?“

„Nicht direkt.“

„Was soll das denn heißen? Nun lass dir doch nicht jedes einzelne Wort aus der Nase ziehen! Erzähl, was hat er gesagt?“

„Er hat gesagt, dass die Golems eine neue Propaganda bekommen müssen oder so ähnlich, und dass er dafür dringend einen Schwamm braucht.“

„Einen Schwamm? Wozu denn das?“

„Das hat er nicht gesagt.“

„Vielleicht müssen die Golems einfach mal gründlich den Kopf gewaschen bekommen“, spekuliert Ruuna. „Das hilft gegen Flausen.“

Willert wirft ihr einen vielsagenden Blick zu. „Vielleicht solltest du das auch mal ausprobieren!“

„Hmpf!“, macht die Hexe beleidigt. „Bloß, weil ich mal ein ganz kleines bisschen zu viel Wachstumstrank in das Schleimfutter gekippt habe ...“

„Und woher sollen wir einen Schwamm bekommen?“, fragt Willert. „Hat Lausius das auch gesagt?“

„Er hat von Unterwassermomenten gesprochen, glaube ich.“

„Unterwassermomente?“, fragt Willert. „Was soll das denn sein?“

„Das sind die Momente, wenn du unter Wasser bist“, erklärt Ruuna. „Ist doch logisch! Schwämme kommen aus dem Meer, also findet man sie unter Wasser.“

„Aber wenn man unter Wasser ist, ertrinkt man doch“, wirft Primo ein.

„Nicht unbedingt“, meint Ruuna.

„Was meinst du damit?“

„Damals, als ich noch allein im Sumpf lebte, habe ich ein bisschen mit Tränken experimentiert, mit denen man unter Wasser atmen kann. Ich wollte unbedingt mal wissen, wie es im Sumpf unter Wasser aussieht.“

„Und wie sieht es da aus?“

„Trübe.“

„Kannst du mir so einen Unterwasseratmungstrank brauen?“

„Klar. Dazu brauche ich bloß einen Kugelfisch.“

„Und wo kriegen wir den her?“

„Na, aus dem Fluss natürlich.“ Die Hexe steht auf und drückt Primo Willerts Angelrute in die Hand.

„Hier. Während du angelst, bereite ich schon mal den Braustand vor."

Also macht sich Primo auf den Weg. Da er nicht den Golems in die Arme laufen will, wendet er sich nach Nordwesten, bis er den Rand des Gebirges erreicht, an dessen Fuß ein kleiner Fluss plätschert. Paul, der Wolf, folgt ihm.

Primo wirft die Angel aus. Nach einer Weile zieht etwas an der Leine. Schnell holt er die Leine ein und befördert einen zappelnden, silbrigen Fisch an Land. Wie ein Kugelfisch sieht der allerdings nicht aus. Also wirft er die Beute Paul hin. Der Wolf schnüffelt kurz daran, rümpft dann die Nase und sieht Primo angewidert an, als wolle er sagen: „Du erwartest doch wohl nicht ernsthaft, dass ich solches Katzenfutter fresse?"

Unverdrossen wirft Primo erneut die Angel aus. Bald liegt neben ihm ein ganzer Haufen von Dingen, die er aus dem Fluss gezogen hat: Ein Dutzend silberne und fünf rote Fische, ein rot-weiß gestreifter Fisch, ein paar alte Stiefel, eine Schüssel, ein Stück Spinnenfaden, fauliges Fleisch, ein Knochen (den Paul längst verspeist hat) und ein altes Buch mit dem Titel *Crafting für Anfänger*. Nur ein Kugelfisch ist nicht darunter.

„Na, kein Anglerglück?", fragt Willert.

Primo zuckt zusammen. Er hat gar nicht gehört, wie sich der Einsiedler genähert hat.

„Es ist wie verhext", meint Primo und deutet resignierend auf das Zeug neben sich.

Willert deutet in den Himmel. „Die Sonne geht bald unter. Du wirst morgen weitermachen müssen."

Primo nickt resignierend. Die geangelten Fische und das Buch nimmt er mit, der Rest bleibt zurück. So beladen kehrt er zusammen mit Willert unverrichteter Dinge zur Hütte zurück.

Doch die Hexe scheint nicht enttäuscht zu sein. „Oh, fein!", ruft sie aus. „Da kann ich heute leckere Fischsuppe kochen!"

Willert verzieht insgeheim das Gesicht, als erfülle ihn diese Aussicht nicht unbedingt mit Vorfreude. Dabei kocht Ruuna für gewöhnlich sehr leckere Gerichte, auch wenn diese manchmal merkwürdige Nebenwirkungen haben.

„Ich habe leider keinen Kugelfisch gefangen", sagt Primo.

„Seltsam", meint die Hexe. „Dabei habe ich die Angel doch extra so verzaubert, dass man damit besondes viele Kugelfische angelt ... Oder hab ich da etwa schon wieder aus Versehen einen Gegenteilzauber benutzt? Na, ist ja auch egal."

„Egal?", fragt Primo.

„Ja. Ich hatte doch noch ein paar Kugelfische. Sie lagen unter meinem Kopfkissen."

„Du hast Fische unter dem Kopfkissen?", fragt Primo verwirrt.

„Klar, da trocknen sie besser", erklärt Ruuna. „Und außerdem haben sie es da weich und gemütlich, und man bekommt fischige Träume."

„Also kannst du mir jetzt einen Unterwasseratmungstrank brauen?"

„Nein."

„Wieso nicht?"

„Weil ich keinen Kugelfisch mehr habe."

Verwirrt blickt Primo sie an. „Aber ... du hast doch gerade gesagt, du hattest noch welchen ..."

„Ja, aber jetzt nicht mehr."

„Wieso nicht?"

„Weil ich ihn verbraucht habe, um Unterwasseratmungstränke für dich zu brauen." Damit drückt sie Primo fünf Flaschen mit dunkler Flüssigkeit in die Hand.

„Dankeschön", sagt Primo und steckt die Flaschen ein.

„Morgen früh kannst du dich auf den Weg machen", sagt Willert. „Aber heute Nacht bleibst du am besten ..."

Er wird von einem lauten Klopfgeräusch unterbrochen. Paul, der Wolf knurrt, und sein Nackenfell sträubt sich.

„Was war das?", fragt Primo.

Ruuna öffnet die Tür, doch draußen steht niemand.

„Vielleicht ein Knallschleicher“, meint Willert. „Manchmal geraten sie mit Skeletten aneinander. Aus der Ferne kann die Explosion wie ein dumpfes Pochen klingen.“

„Nein, das klang anders“, widerspricht Primo. „Eher wie ...“

In diesem Moment erklingt das Klopfen noch einmal. Primo, Willert und Ruuna stürzen aus dem Haus. Im ersten Moment sehen sie nichts, doch dann beginnt sich der Stamm eines der Bäume in der Nähe aufzulösen. Dahinter kommt ein Golem zum Vorschein, der eine Axt in der Hand hält.

„Bei Notch, die Golems fällen den Wald!“, ruft Willert aus. „Weg hier!“

„Ihr blöden Blechklumpen!“, schimpft Ruuna. „Sowas dürft ihr nicht! Bäume haben schließlich auch Gefühle!“

Sie holt einen Trank hervor und will ihn in Richtung der Golems schleudern, doch Willert packt sie am Arm. „Komm, lass uns hier verschwinden! Noch haben sie uns nicht gesehen, aber das kann sich jeden Moment ...“

„Schutzbedürftige!“, plärrt in diesem Moment der Golem mit der Axt. „Sie sind da drüben! Und der Unruhestifte ist auch bei ihnen. Ergreift sie!“

Mehrere Golems stürmen auf Primo, Ruuna und Willert zu, die sofort die Flucht ergreifen. Sie rennen durch den Wald Richtung Nordwesten, während bereits die ersten Sterne am Himmel funkeln und die Ungeheuer der Nacht aus ihren Löchern kriechen.

Als sie das rettende Ufer des Flusses fast erreicht haben, stellt sich ihnen plötzlich ein Nachtwandler entgegen. Primo zieht sein Schwert, doch bevor er dazu kommt, es zu benutzen, hat Ruuna dem Monster einen Trank entgegengeschleudert, der es augenblicklich in Flammen aufgehen lässt. Beeindruckt sieht Primo dem brennenden Nachtwandler nach, während er weiterhastet. Dabei achtet er nicht darauf, wohin er tritt, und stolpert über einigen am Boden liegenden Unrat – eine Schüssel, eine Schnur, ein altes Paar Stiefel und fauliges Fleisch.

Wild mit den Armen rudernd versucht er vergeblich, das Gleichgewicht wiederzuerlangen, und stürzt zu Boden, während ihm einer der Golems dicht auf den Fersen ist.

7. Auf der Klippe

„Ich habe ihn!“, schnarrt der stählerne Koloss triumphierend. „Ich habe den Unruhestifter!“

Primo kann sich nicht mehr aufrappeln, bevor der Golem ihn erreicht hat. Er sieht, wie Ruuna und Willert das andere Flussufer erreichen. Wenigstens sind die beiden in Sicherheit. Doch anstatt weiterzulaufen, bleibt Ruuna plötzlich stehen und wirft die Angel aus, die sie bei ihrer Flucht mitgenommen hat.

Typisch Ruuna, denkt Primo, ausgerechnet jetzt Fische zu angeln! Doch als sich der Golem gerade zu ihm herunterbeugt, um ihn mit seinen Stahlarmen zu packen, fühlt er plötzlich einen Ruck. Er wird vom Ufer gerissen und landet platschend im Wasser, während der Golem ihm verdutzt nachblickt.

Primo wird rücklings durchs Wasser gezogen, bis er schließlich triefend nass vor Ruunas Füßen liegt. Er rappelt sich auf.

„Danke! Das war knapp!“

„Gern geschehen“, sagt Ruuna und grinst. „Es ist doch interessant, was man so alles aus diesem Fluss fischen kann.“

Doch ihnen bleibt keine Zeit, sich über Primos Rettung in letzter Sekunde zu freuen, denn schon rücken noch mehr Golems an. Sie bilden eine Brücke über den

Fluss und sind den drei Freunden im Nu wieder auf den Fersen.

Vor ihnen erhebt sich ein steiler Berghang, den sie keuchend hinaufhasten. Doch wenn Primo gehofft hatte, dass der Steilhang die Golems aufhalten oder auch nur verlangsamen könnte, so sieht er sich getäuscht. Während ihm die Beine allmählich erlahmen, scheinen die Eisenkolosse nicht müde zu werden.

Als er das obere Ende des Hangs erreicht, wirft er einen Blick zurück und erschrickt. Die Sonne ist längst untergegangen, und nur ein fahler Mond beleuchtet die Landschaft. Dennoch ist deutlich der Schaden zu erkennen, den die Golems angerichtet haben. Der einst üppige Wald nordwestlich des Dorfs ist durchsetzt von leeren Flächen, auf denen hunderte der stählernen Gestalten herumwuseln!

Primo und seine Freunde haben keine Gelegenheit, den schrecklichen Anblick zu betrauern, denn schon nähern sich ihre Verfolger. Sie fliehen über eine Hochebene weiter Richtung Norden. Zu allem Überfluss liegt hier oben auch noch Schnee, und der immer noch durchnässte Primo zittert am ganzen Körper.

„Bleibt stehen!", ruft einer der Golems. „Wir wollen euch nichts tun! Wir wollen euch bloß beschützen!"

Wenn überhaupt, dann spornt das Primo nur an, noch schneller zu laufen. Einen Nachtwandler, der vor ihm aus dem Schatten wankt, schubst er einfach zur

Seite und hastet an ihm vorbei. Ruuna und Willert bleiben dicht hinter ihm.

Ein schneebedeckter Felshang ragt vor ihm auf. Ohne nachzudenken klettert Primo hinauf. Doch als er die Oberkante erreicht, bleibt er abrupt stehen. Vor ihm stürzt das Gebirge in einer vierzig Blöcke hohen Felsklippe senkrecht ins Meer. In der Ferne sind mehrere kleine Inseln zu erkennen, dahinter reicht der Ozean weiter als Primos Blick. Es gibt keinen Ausweg mehr. Seine Flucht ist zu Ende!

Im Nu sind die drei von einem Dutzend Golems umzingelt. Ruuna hebt drohend eine Flasche mit Zaubertrank.

„Bleibt, wo ihr seid, ihr Baummörder!", ruft sie. „Oder wir fliegen alle in die Luft!"

Die Golems bleiben stehen.

„Die Hexe blufft doch bloß!", spekuliert einer von ihnen.

„Und wenn nicht?", meint ein anderer. „Willst du es vielleicht verantworten, dass noch mehr dieser dummen Schutzbefohlenen zu Schaden kommen?"

Primo blickt zwischen den Golems und der Hexe hin und her. Selbst, wenn es Ruuna weiterhin gelingen sollte, ihre Verfolger auf Distanz zu halten, sind sie in einer ausweglosen Lage. Ebenso gut können sie gleich aufgeben!

„Ihr seid in einer ausweglosen Lage“, stellt einer der Golems fest. „Ebenso gut könnt ihr gleich aufgeben!“

„Ich fürchte, er hat recht“, meint Willert. „Unsere Flucht ist wohl gescheitert!“

„Och schade“, meint Ruuna. „Gerade, wo es so lustig war!“

Primo jedoch, der sich darüber ärgert, dass der Golem seine eigenen Gedanken laut ausgesprochen hat, ist auf einmal nicht mehr bereit, aufzugeben. Er denkt an Golina und Nano, die in ihren Zellen eingesperrt sind, und an den gerodeten Wald. Dann holt er tief Luft, nimmt Anlauf und stürzt sich in die Tiefe.

8. Gestrandet

Mit einem lauten Platschen stürzt Primo ins Meer. Es fühlt sich an, als schlüge er auf harten Felsboden auf, doch er zerschellt nicht. Stattdessen wird er durch die Wucht des Falls tief unter die Meeresoberfläche gedrückt.

Verzweifelt rudert er mit den Armen in dem Versuch, wieder an die Oberfläche zu kommen. Die Luft wird ihm knapp, und seine Lungen beginnen zu schmerzen. Schließlich gelingt es ihm, die Wasseroberfläche zu durchstoßen. Er schnappt nach Luft, keucht und spuckt Wasser aus. Dann sieht er sich um.

Die steile Felsküste ist nicht allzu weit entfernt, doch schon nähern sich am Ufer einige Golems. Einer von ihnen hat eine Angel dabei. Offenbar wollen sie Ruunas Trick kopieren und Primo aus dem Meer fischen. So schnell wie möglich paddelt er mit Armen und Beinen, um möglichst viel Abstand zwischen sich und die Golems zu bringen.

Nach einer Weile erlahmen seine Kräfte. Als er sich umsieht, stellt er fest, dass das felsige Ufer bereits ziemlich weit entfernt ist. Doch die Inseln, die er von oben gesehen hat, sind ebenfalls noch weit weg. Ihm bleibt nichts anderes übrig, als tapfer weiter zu schwimmen. Doch es wird immer schwerer, sich an der

Oberfläche zu halten, so als zöge etwas in der Tiefe unbarmherzig an ihm.

Sein Schwert fällt ihm ein. Es ist aus Eisen und ziemlich schwer. Doch wenn er es jetzt fallen lässt, wird es auf den Meeresgrund sinken, und er hat nichts mehr, womit er sich gegen Monster verteidigen kann! Andererseits, was nützt ihm eine Waffe, wenn er hier jämmerlich ertrinkt? Also lässt Primo das Schwert schweren Herzens in die Tiefe sinken.

Eine Weile hilft es ihm, dass er auf diese Weise leichter geworden ist, doch schließlich kann er nicht mehr und sinkt unter die Wasseroberfläche. Dabei sieht er etwas Unerwartetes: Ganz in der Nähe ragt vom Meeresgrund ein riesiges Gebäude auf, als wäre es vor langer Zeit im Meer versunken. Es ähnelt ein wenig dem Wüstentempel, ist jedoch viel größer.

Ihm fällt ein, dass er schon einmal so ein Bauwerk unter Wasser gesehen hat, als er versuchte, zusammen mit Kolle vom Dorf im fernen Westen zum Schluchtdorf zurückzurudern, und dabei aus dem Boot fiel. Und war da nicht auch ein schreckliches Meeresungeheuer, das ihn mit einem einzigen Auge böse anstarrte?

Der Schreck der Erinnerung gibt Primo neue Kraft. Er strampelt mit Armen und Beinen und durchbricht erneut die Wasseroberfläche. Da sieht er nicht weit entfernt einen schwarzen Tintenfisch aus dem Meer auftauchen und mit seinen Fangarmen wedeln. Als ob er nicht schon genug Schwierigkeiten hätte, wird er jetzt auch noch von so einem Meeresungeheuer angegriffen, und er hat nicht einmal mehr sein Schwert!

Doch dann fällt ihm ein, dass ihm Margi einmal erzählt hat, wie sie früher oft im Meer badete und sich dabei sogar manchmal von Tintenfischen ziehen ließ. Zwar hat er diese Erzählung nie so recht geglaubt, aber in seiner verzweifelten Lage klammert er sich an jede noch so unwahrscheinliche Möglichkeit.

„Hilf mir!“, ruft Primo und fuchtelt mit den Armen, um den Tintenfisch heranzuwinken.

Das Tier glotzt ihn mit seinen großen Augen neugierig an und wedelt mit seinen acht Armen, als wolle es zurückgrüßen.

„Hilfe!“ Mit seinen müden Armen und Beinen kann sich Primo kaum noch an der Oberfläche halten. Er schluckt Wasser, das nicht frisch und klar, sondern ekelhaft salzig schmeckt, spuckt es aus und hustet.

Der Tintenfisch kommt näher. In seiner Verzweiflung greift Primo nach einem der Fangarme, um sich daran festzuhalten. Das Tier zappelt in seinem Griff und wedelt mit den übrigen Armen, doch es scheint Primo nichts Böses zu wollen. Im Gegenteil hilft es ihm, an der Oberfläche zu bleiben.

Der Tintenfisch bewegt sich mit langsamen, pulsierenden Bewegungen seiner Arme durchs Wasser. Zu seinem Erstaunen bemerkt Primo, dass das Tier genau auf eine der Inseln zusteuert, die er aus der Ferne gesehen hat. Bald erreichen sie den rettenden Sandstrand.

Pirmo lässt den Tintenfisch los. „Danke, mein Freund!", sagt er und tätschelt den schwarzen, glitschigen Körper. „Du hast mir das Leben gerettet!"

Der Tintenfisch wedelt zum Abschied mit den Armen, dann paddelt er davon und verschwindet kurz darauf unter der Meeresoberfläche.

Die Insel ist nicht sehr groß und in einem schmalen Bogen geformt. Außer einigen Bäumen und ein paar Schafen gibt es nicht viel zu sehen.

Määh, machen die Schafe wie zur Begrüßung.

Unngh, begrüßt ihn noch eine Stimme. Sie gehört einem Nachtwandler, der in diesem Moment hinter einem Baum hervorkommt und langsam auf Primo zu wankt.

Erschrocken greift er nach seinem Schwert, nur um festzustellen, dass er es nicht mehr hat. So ein Mist! Hätte er es doch bloß behalten ... doch dann läge er jetzt vermutlich tot auf dem Meeresgrund.

Jetzt kann ihm nur noch eines helfen ... Er wendet seinen Blick nach Osten, und tatsächlich färbt sich dort der Himmel allmählich rosa, dann orange. Doch der Nachtwandler kommt unbeeindruckt weiter auf ihn zu, und Primo bleibt nur die Flucht.

Er rennt an dem Monster vorbei ans andere Ende der Insel. Der Nachtwandler stöhnt verärgert, dreht sich um und stapft hinter Primo her. Dieser wartet, bis das Monster in der Nähe ist, nur um dann wieder rasch an ihm vorbei zu hasten. Diesmal kann er jedoch nicht verhindern, dass der Nachtwandler ihm im Vorbeilaufen einen harten Schlag mit seinem Arm verpasst. Primo schreit auf, strauchelt und schlägt fast hin, kann sich aber gerade noch fangen.

Vor Schmerzen stöhnend flieht er wieder ans andere Ende der Insel, wo ihn der freundliche Tintenfisch abgesetzt hat. Der Nachtwandler folgt ihm beharrlich. Doch nun erhebt sich die Sonne über den Horizont, und ihre Strahlen lassen das Monster in Flammen aufgehen. Es stöhnt ein paar Mal, dann löst es sich auf, und nur ein Fetzen fauligen Fleisches bleibt zurück.

So weit, so gut, doch die Begegnung mit dem Monster hat Primo deutlich gemacht, dass er die nächste Nacht nicht überleben wird, wenn er nicht bis dahin einen Unterschlupf findet. Doch nirgendwo gibt es eine Höhle oder eine andere Versteckmöglichkeit.

Nicht weit entfernt befinden sich zwei weitere Inseln, doch dort scheint es auch nicht viel mehr zu geben als hier, und Primo hat keine Lust, schon wieder im Wasser herumzupaddeln. Also muss er sich etwas anderes überlegen, um hier auf der Insel zu überleben

– und irgendwann, irgendwie, wieder nach Hause zu kommen.

In diesem Moment hört er in der Nähe einen seltsamen, melodischen Pfiff.

Verdutzt sieht er sich um. Ist noch jemand hier auf der Insel? Doch er kann niemanden entdecken.

„Hallo?“, ruft er.

Keine Antwort. Er muss sich wohl getäuscht haben. Doch dann hört er plötzlich ein merkwürdig hohes, verzerrtes *Unngh*, und ein kalter Schauer läuft ihm über den Rücken.

9. Robinson

Wieder erklingt ein schriller Pfiff, und kurz darauf noch einmal das merkwürdige Stöhnen. Primo sieht sich um, kann aber keine Quelle für die Geräusche entdecken. Wirklich sehr merkwürdig! Ist es etwa eines der Schafe, das diese ungewöhnlichen Geräusche macht? Vielleicht hat es etwas Schlechtes gefressen? Doch die Schafe wirken ganz normal und blöken so, wie Schafe es gewöhnlich tun.

Nach links und rechts Ausschau haltend wandert er über die Insel. Als er gerade unter einer Birke ungefähr in der Mitte der Insel steht, hört er erneut einen Pfiff.

„Hallo? Ist da jemand?“, ruft er.

Eine krächzende Stimme erklingt über ihm: „Hallo?“

Verdutzt blickt Primo nach oben. Im dichten Laub des Baums schimmert etwas rötlich.

„Wer bist du?“, fragt er.

„Jemand“, kommt die Antwort aus dem Baumwipfel.

„Ich bin Primo! Komm doch runter zu mir. Du musst keine Angst haben!“

„Primo?“, antwortet die krächzende Stimme. „Keine Angst. Komm, hallo?“

Was soll denn das bedeuten? Primo kratzt sich am Kopf.

„Wie heißt du?“, fragt er.

„Primo“, lautet die Antwort.

„Nein, Primo bin ich!“, widerspricht Primo.

„Primo. Bin ich. Hallo?“

So langsam wird es Primo zu bunt. „Komm gefälligst her und zeig dich!“

Ein Pfiff ertönt, und plötzlich flattert ein seltsames Tier durch die Luft und setzt sich vor Primo auf den Boden. Es sieht ein wenig aus wie ein Huhn, nur dass sein Gefieder rot, gelb und blau gefärbt ist.

„Kannst du etwa sprechen?“, fragt er verdutzt.

„Hallo“, gibt das rote Huhn zurück. „Keine Angst. Ich bin ich.“

„Äh, schön, dich kennenzulernen. Bist du hier ganz allein?“

„Schön allein. Komm doch. Hallo?“

„Wie heißt du denn?“

„Primo“, behauptet das seltsame Tier.

„Aber nein, ich bin doch Primo! Hast du etwa keinen Namen?“

„Aber nein! Keinen Namen.“

„Ach so, verstehe. Hm, wie könnte ich dich nennen? Vielleicht Flughuhn?“

„Aber nein! Hallo?“

„Na gut, wenn dir der Name nicht gefällt, dann musst du dir eben einen anderen aussuchen.“

Das bunte Flughuhn macht ein Geräusch, das wie das Stöhnen eines Nachtwandlers klingt, nur höher. Primo muss lachen.

„Ich verstehe! Du hast nur das Geräusch des Nachtwandlers imitiert! Du hast mir einen ganz schönen Schreck eingejagt, weißt du? Lass diesen Quatsch bitte!“

„Ich verstehe!“

„Moment mal, plapperst du etwa die ganze Zeit nur nach, was ich sage?“

„Quatsch.“

Primo kratzt sich am Kopf. Er weiß nicht so recht, was er mit dem seltsamen Tier anfangen soll, aber es scheint jedenfalls harmlos zu sein. Doch seine Probleme sind damit noch lange nicht gelöst: Er ist allein auf dieser einsamen Insel, ohne etwas zu essen und ohne Schutz vor den Monstern der Nacht.

„Wenn ich nur wüsste, wie man ein Haus baut“, überlegt er laut. „Oder wenigstens eine Angel, dann könnte ich einen Fisch angeln. Aber roh möchte ich den auch nicht essen. Wenn ich nur auf meinen Vater gehört hätte, als er mir zeigen wollte, wie man Dinge herstellt ... Aber sein Sohn war ja die ganze Zeit nur damit beschäftigt, Unsinn anzustellen!“ Er seufzt.

„Weißt du, wie man ein Haus baut?“, fragt das rote Huhn.

„Nein“, erwidert Primo. „Weißt du es etwa?“

„Ich verstehe. Wie man ein Haus baut."

„Echt jetzt?"

„Echt jetzt."

„Und wie geht das?"

„Aus Rohstoffen. Echt jetzt."

„Was für Rohstoffe denn?"

„Was für Rohstoffe?"

„Ja, genau, aus was für Rohstoffen baut man ein Haus?"

„Unsinn. Hallo?"

Primo seufzt. „Du bist das blödeste sprechende Huhn, dem ich je begegnet bin."

„Quatsch. Ich bin roh. Bin Sohn."

„Du heißt Robinson?"

„Robinson. Ich bin Robinson. Echt jetzt."

„Also gut, Robinson. Willst du mir vielleicht verraten, wie man ein Haus baut?"

„Warum liest du nicht einfach das Buch, das du aus dem Fluss geangelt hast?"

Primo starrt das sprechende Huhn an. Hat es den Satz gerade wirklich gesagt, oder hat er sich das nur eingebildet? Die Sonne brennt heiß vom Himmel, er ist immer noch erschöpft vom langen Schwimmen im Meer, und ihm dröhnt der Kopf. Vielleicht hört und sieht er Dinge, die gar nicht wirklich passieren. Vielleicht gibt es auf dieser Insel auch gar kein sprechendes Huhn namens Robinson!

„Quatsch“, sagt Robinson. „Ich bin echt jetzt.“

Primo blickt das Tier misstrauisch an. Er blinzelt ein paar Mal, aber es verschwindet nicht. Schließlich seufzt er.

„Na schön. Ich werde mal in das Buch schauen, obwohl ich mir kaum vorstellen kann, dass es mir weiterhilft.“

„Schön“, erwidert Robinson. „Echt jetzt.“ Dann stößt er einen schrillen Pfiff aus und flattert auf den Baum.

Primo betrachtet das alte Buch. *Crafting für Anfänger* lautet der Titel. Was immer das bedeuten soll. Vorsichtig schlägt er es auf. Die Schrift ist vom Wasser ausgebleicht, aber man kann die Buchstaben und Zeichnungen noch schwach erkennen. Er beginnt, zu lesen:

Stelle zuerst eine Werkbank her. Dazu brauchst du einen Holzblock, denn du mit den Fäusten aus einem Baumstamm schlägst. Zerlege den Block in vier Kisten und setze diese zu einem Quadrat zusammen.

Hm. Primo fragt sich, was er mit einer Werkbank soll. Die kann man weder essen, noch hilft sie einem gegen Monster. Aber was soll's, er kann es ja einfach mal ausprobieren.

Also drischt er mit den Fäusten auf den Baumstamm ein, auf dem sich Robinson niedergelassen hat. Das Tier flattert auf.

„Hallo?“, krächzt es empört. „Lass diesen Quatsch bitte!“

Verdutzt hält Primo inne. Er ist sich immer noch nicht sicher, ob Robinson wirklich sprechen kann oder einfach nur nachplappert, was er gehört hat. Das Flughuhn setzt sich auf einen anderen Baum, und Primo fährt fort, auf das Holz einzuprügeln. Seine Hände schmerzen bald, aber es gelingt ihm, einen Holzblock herauszuschlagen. Er zerteilt diesen in vier Kisten, was erstaunlich einfach geht. Die setzt er zu einem Quadrat zusammen, wie es in dem Buch beschrieben wurde, und wie durch ein Wunder Notchs steht plötzlich eine Werkbank vor ihm.

Als nächstes steht in dem Buch, wie man mit Hilfe der Werkbank und zwei weiteren Holzblöcken eine hölzerne Axt herstellen kann. Damit ist es viel einfacher, Holz zu schlagen. Weil das so viel Spaß macht, prügelt Primo wie wild auf die Bäume auf der Insel ein und sammelt so viel Holz, wie er finden kann.

Robinson findet das offenbar nicht so toll. „Aber nein!“, krächzt er. „Du hast mir einen ganz schönen Schreck eingejagt! Lass diesen Unsinn! Du bist der blödeste sprechende Fisch, dem ich je begegnet bin! Wenn ich nur auf meinen Vater gehört hätte!“

Primo ignoriert das sinnlose Geplapper. Bald hat er alle Bäume der Insel gefällt. Jetzt hat er eine Menge Holz, aber immer noch keinen Unterschlupf, und die Sonne versinkt bereits im Meer.

Er blättert in dem Buch. Weiter hinten findet er eine Anleitung, wie man ein Schwert herstellt, doch dafür braucht man Eisenerz und einen Ofen, und beides hat er nicht.

Unngh, erklingt es hinter ihm.

„Halt die Klappe, Robinson!", ruft Primo genervt. „Ich muss mich konzentrieren."

„Quatsch", krächzt Robinson, der auf dem Boden herumhüpft. „Das Geräusch des Nachtwandlers. Echt jetzt!"

Unngh, ist erneut ein Stöhnen zu hören, diesmal direkt hinter Primo. Er fährt herum und blickt erschrocken in die hässliche, grüne Fratze eines Monsters, das in diesem Moment zum Schlag ausholt.

Rasch duckt er sich, doch es ist zu spät: Der kräftige Arm des Nachtwandlers trifft ihn hart. Er schreit vor Schmerz auf, taumelt zurück und schlägt zu Boden.

Unngh!, macht der Nachtwandler gierig.

„Hallo?", krächzt Robinson. „Halt die Klappe! Ich muss mich konzentrieren!"

Primo rappelt sich verzweifelt auf. Alles, was er zur Verteidigung hat, ist die Holzaxt. Er drischt damit auf den Nachtwandler ein, doch die primitive Waffe richtet viel weniger Schaden an als ein Eisenschwert, ganz zu schweigen von dem Diamantschwert, das er als Dorfbeschützer einmal besaß.

Das Monster wehrt sich verbissen und verpasst Primo einen weiteren harten Schlag. Am Ende seiner Kräfte, holt er noch einmal zu einem Verzweiflungsschlag aus. Die Axt kracht auf den Nachtwandler herab und streckt ihn nieder. Doch im selben Moment zerbricht sie.

Egal, Primo kann sich ja eine neue machen. Holz hat er schließlich genug. Doch in diesem Moment hört er ein Stöhnen hinter sich, und ein weiteres vom anderen Ende der Insel. Zu allem Überfluss ist auch noch das Klappern von Knochen zu hören.

Selbst, wenn es Primo gelänge, auf der Werkbank noch schnell eine neue Axt herzustellen - der Übermacht der Monster ist er nicht gewachsen.

10. Überlebensmodus

Verzweifelt blickt sich Primo um. Was soll er bloß tun? Wenn er sich doch nur irgendwo vor den Monstern verstecken könnte ...

„Weißt du, wie man ein Haus baut?“, krächzt Robinson. „Aus Rohstoffen! Echt jetzt!“

Primo starrt das sprechende Huhn überrascht an. Natürlich! Er hat doch jede Menge Holz! Zwar hat er keine Ahnung, wie man daraus ein stabiles Haus baut, aber vielleicht kann er auf die Schnelle eine Art Schutzwand errichten. Irgendwie wird es schon gehen.

Rasch schichtet er Holzkisten um sich herum auf, und nach kurzer Zeit hat er eine primitive Holzhütte gebaut. Sie ist nicht sehr groß - gerade mal zwei Blöcke im Quadrat - und hat weder Fenster noch eine Tür, so dass es im Inneren stockfinster ist. Aber wenigstens können ihn die Monster jetzt nicht mehr erreichen. Draußen hört er ihre wütenden und frustrierten Rufe.

Robinson flattert auf das Dach und trippelt darauf herum. „Wenn ich nur wüsste, wie man eine Angel baut“, erklingt gedämpft die krächzende Stimme des Tieres. „Dann könnte ich wenigstens ein Haus angeln!“

„Danke für deine Hilfe!“, ruft Primo.

„Ich bin Robinson“, antwortet das Tier. „Echt jetzt!“

Erschöpft und todmüde setzt sich Primo in eine Ecke und schläft bald darauf ein.

Im Traum irrt er ohne Fackel durch eine riesige unterirdische Höhle, während er von Nachtwandlern und Knochenmännern verfolgt wird. Irgendwo in der Ferne hört er Nano rufen: „Hilfe, Vater, Hilfe ..."

Primo schreckt hoch.

„Hilfe!", klingt eine Stimme wie von fern.

Er sieht sich um, doch um ihn herum herrscht vollständige Finsternis. Einen Augenblick lang glaubt er, wirklich in einer unterirdischen Höhle gefangen zu sein. Dann fällt ihm wieder ein, was passiert ist.

„Hilfe!", erklingt erneut der Ruf. „Hallo? Danke für deine Angel! Lass den Unsinn!"

Es ist bloß Robinson, das fliegende Huhn, das Primo geweckt hat. Wie spät es wohl sein mag? Ob draußen schon die Sonne aufgegangen ist?

Die Idee mit der Schutzhütte war ja nicht schlecht, aber dummerweise hat sie keinen Ausgang. Panik befällt ihn. Wie soll er jemals wieder hier herauskommen?

Tief durchatmen, Primo, sagt er zu sich selbst. *Wenn du einen ganzen Baumstamm mit bloßen Händen zertrümmern kannst, dann doch wohl auch ein paar Bretter!*

Doch er fühlt sich kraftlos, und sein ganzer Körper schmerzt. Und was, wenn draußen ein Knochenmann mit gespanntem Bogen steht und nur darauf wartet, dass Primo ein Loch in seine Schutzbehausung macht?

„Robinson, ist die Sonne schon aufgegangen?“, ruft er.

„Halt die Klappe!“, kommt die Antwort zurück. „Ich muss die Sonne angeln!“

Robinson ist keine große Hilfe. Primo lauscht, kann aber nichts hören. Schließlich riskiert er es, die Kiste direkt über sich zu zertrümmern, die als primitives Dach diente.

Erschrocken flattert Robinson, der genau auf diesem Block saß, in die Luft.

„Hallo?“, schimpft er. „Lass diesen Unsinn! Wenn ich nur wüsste, wie man einen Fisch baut!“

Der Himmel über dem Loch in Primos Hüttendach strahlt hellblau. Erleichtert zertrümmert er zwei Blöcke in der Seitenwand, so dass er die Hütte verlassen kann.

Das Buch mit den Bauanleitungen liegt noch dort, wo er es gestern fallen gelassen hat, als ihn der Nachtwandler attackierte. Primo blättert darin und findet eine Anleitung zum Bau einer Tür. Er vergrößert die Hütte, bis sie eine Grundfläche von vier mal vier Blöcken hat, und baut in jeder Wand eine Tür ein, so dass er das Haus in alle vier Richtungen betreten und verlassen kann. Da die Türen Sichtfenster haben, ist es jetzt außerdem im Inneren nicht mehr stockfinster.

„Danke für deine Hilfe“, krächzt Robinson und hüpft auf das flache Dach des Hauses. „Ich muss mich konzentrieren. Echt jetzt!“

So weit, so gut, doch Primo geht es immer noch nicht besonders gut, und er ist sehr hungrig. Das Buch enthält auch eine Anleitung für eine Angel, doch dazu braucht man Spinnenfaden, und eine Spinne ist weit und breit nirgends zu sehen. Außerdem ist Primo so geschwächt, dass er einen Kampf mit einem solchen Tier kaum überleben würde. Also muss er etwas anderes zu Essen finden. Aber was?

„Määh“, macht eines der Schafe.

Moment mal. Schafe geben Wolle, aber man kann sie auch essen! Allerdings muss man sie dazu erst einmal töten, und so etwas hat Primo noch nie getan. Er hat nichts gegen Schafe, auch wenn sie ihn nicht zu mögen scheinen, denn immer, wenn er versucht hat, ihre Wolle zu scheren, sind sie vor ihm weggelaufen. Zu Golina dagegen waren sie immer zutraulich.

Ach, wenn seine geliebte Golina nur hier wäre! Was gäbe er jetzt für einen Teller ihrer köstlichen Pilzsuppe!

Doch sie ist nun mal nicht hier, und wenn er sie jemals wiedersehen will, muss er um sein Überleben kämpfen. Und wenn das bedeutet, dass er ein Schaf töten muss, dann soll es eben sein!

Primo fertigt nach der Anleitung im Buch eine neue Axt an und nähert sich damit einem Schaf, das ihn misstrauisch beäugt. Als er die Waffe hebt, blökt es und läuft davon.

„Bleib stehen, du dummes Tier!“, ruft Primo. „Ich will dich doch bloß essen!“

Aber das Schaf hat offensichtlich keine Lust, gegessen zu werden, und die anderen Schafe ebenso wenig. Wann immer er sich ihnen nähert, rennen sie blökend davon.

„Lass den Quatsch, du dummes Tier!“, krächzt Robinson, als wollte er sich über Primo lustig machen.

Schließlich gibt er auf. In seinem angeschlagenen Zustand wird er es niemals schaffen, ein Schaf zu fangen. Wenn er Pfeil und Bogen hätte ... aber dafür braucht man ebenfalls Spinnenseide.

Primo blättert zurück an den Anfang des Buchs. Dort findet er einen Hinweis, was er als nächstes tun sollte:

Sobald du ein Dach über dem Kopf hast, solltest du nach Rohstoffen graben. Fertige zuerst eine Spitzhacke aus Holz an. Schlage damit mehrere Steinblöcke aus dem Boden und mache daraus eine Stein-Spitzhacke. Baue dann acht Steinblöcke ab und stelle daraus einen Ofen her.

Primo macht sich an die Arbeit und fertigt aus Holz eine Spitzhacke an. Doch als er sich umsieht, stellt er fest, dass nirgendwo Felsen zu sehen sind. Die Insel scheint nur aus Sand und Gras zu bestehen.

Andererseits weiß er von seinen vielen Abenteuern, dass es in der Tiefe unter der Erde viele felsige Höhlen gibt. Vielleicht muss man nur etwas tiefer graben. Also drischt er mit der Spitzhacke auf den Sand ein, doch das erweist sich als nicht sehr effektiv, und die Spitzhacke zerbricht nach einer Weile, ohne dass er viel Sand bewegt hätte.

Zum Glück enthält das Buch auch eine Bauanleitung für eine Holzschaufel. Mit der gelingt es ihm wesentlich besser, ein Loch in den Boden zu graben, und tatsächlich stößt er bald auf felsigen Grund. Gegen den erweist sich wiederum die Schaufel als nutzlos, so dass er eine neue Spitzhacke herstellen muss.

Er hüpft damit in das Loch, das er gegraben hat, und schlägt auf den Steinboden unter sich ein. Nach einer Weile gelingt es ihm, einen Steinblock herauszuschlagen, und dann noch zwei weitere.

So weit, so gut. Doch als Primo aufblickt, stellt er fest, dass er sich in einem senkrechten Schacht befindet, ohne Möglichkeit, wieder nach oben zu gelangen!

Robinson hockt oben am Rand des Schachts und blickt zu ihm herunter. „Du bist der blödeste sprechende Fisch, dem ich je begegnet bin!“, stellt er fest.

Was nun? Die einzige Möglichkeit ist es, eine Treppe in den Fels zu hauen, mit der er wieder an die Oberfläche klettern kann. Das dauert eine ganze Weile, und als er es schließlich geschafft hat, ist Primo am Ende seiner Kräfte. Zu allem Überfluss geht auch noch die Sonne unter. Rasch greift er sich das Buch und zieht sich in seine Hütte zurück.

Immerhin hat er jetzt genug Stein, um nicht nur eine Steinspitzhacke herzustellen, sondern auch einen Ofen. Als er etwas Holz in die untere Klappe schiebt, flackert es fröhlich und erhellt die Hütte in warmem Glanz. Primo legt einen Holzblock in den Ofen, wie es das Anleitungsbuch beschreibt. Nach einer Weile erlischt das Feuer, und zurück bleibt ein Klumpen Holzkohle. Aus dem stellt er nach Anleitung vier Fackeln her, die er an den Wänden der Hütte befestigt. Nun ist es hier schon beinahe gemütlich. Wenn er doch nur etwas zu essen hätte!

Zu Tode erschöpft, legt sich Primo schlafen. Sein letzter Gedanke gilt Golina und Nano. Ob er sie wohl jemals wiedersehen wird?

11. Befehl und Gehorsam

Golina hockt stumm in der Ecke ihrer Zelle. Ihr Magen knurrt, und sie fühlt sich kraftlos und müde. Anfangs hat sie noch versucht, sich und Nano die Gefangenschaft zu erleichtern, indem sie ihrem Sohn Geschichten von seinem Vater erzählte: Wie er sie beim Angriff der Nachtwandler rettete, wie er ihretwegen in den Nether ging und das Drachenei mitbrachte, das fast das Dorf zerstört hätte, wie er in die Ferne zog, um herauszufinden, wie man einen Golem baut, wie er den alten Lausius von einer weit entfernten Insel holte, wie sie gemeinsam gegen den bösen Enderman Arthrax kämpften, der das Dorf zerstörte, und sie ihn schließlich in der Kreisbahn fingen, und wie Primo Nano rettete, als dieser noch ganz klein war und sich in einer Endertruhe versteckte.

Obwohl er die Geschichten alle längst kannte, hörte Nano ihr gebannt zu. Doch jetzt hat Golina nicht mehr die Kraft, weitere Geschichten zu erzählen. Immer wieder versucht sie sich selbst einzureden, dass Primo auch dieses Abenteuer zu einem glücklichen Ende führen wird, doch mit jedem Tag ohne Essen in dieser engen Zelle sinkt ihr Mut.

Besonders erschüttert hat es sie, als vor zwei Tagen auch Willert und Ruuna von den Golems in die Zellen gesperrt wurden. Die Hexe schimpfte und zeterte, doch es nützte ihr nichts. Dass sich nicht einmal Ruuna und Willert gegen die Golems wehren konnten, ist wirklich entmutigend. Nun ist nur noch Primo in Freiheit - sofern er überhaupt noch lebt.

Golina hat nie wirklich geglaubt, was Magolus in der Kirche über Notch, den Schöpfer predigte. Aber jetzt fällt ihr nichts Besseres ein, als zu ihm zu beten: *Bitte, Notch, hilf Primo und mach, dass er schnell zu uns zurückkehrt und diese schrecklichen Golems vertreibt!*

Doch Notch, wenn es ihn wirklich gibt, scheint ihre Gebete nicht zu erhören. Oder etwa doch? Draußen entsteht Unruhe. Metallene Türen werden geöffnet. Auch Golinas Zellentür springt auf.

„Heraustreten und in Dreierreihen aufstellen!", erklingt der barsche Befehl eines Golems.

Mühsam rappelt sie sich auf.

„Was ist denn los?"

„Nummer Null wird eine Ansprache halten!"

Golina tritt hinaus ins Freie. Die grelle Sonne, die sie seit Tagen nur durch das kleine Gitterfenster der Tür gesehen hat, blendet sie. Als sie sich umsieht, erschrickt sie: Auf der anderen Seite des Flusses, wo sich noch vor Kurzem ein dichter Wald erhob, ist nun nur noch hügeliges Grasland zu sehen, das sich bis zur fernen Bergkette erstreckt. Die Golems haben offenbar alle Bäume gefällt!

Verwirrt und verängstigt laufen die Dorfbewohner durcheinander, während ein Dutzend Golems versuchen, sie in drei ordentlichen Reihen aufzustellen. Es dauert eine Weile, doch schließlich ist die Ordnung hergestellt. Golina steht am Rand der zweiten Reihe neben ihrer Mutter Agia. Nano wurde ans andere Ende der Reihe gebracht.

„Wie geht es dir?“, fragt ihre Mutter.

„Ruhe im Glied!“, schnarrt einer der Golems, bevor sie antworten kann. „Ihr sprecht nur auf Aufforderung!“

Die Tür zum Dorf öffnet sich, und zwei Golems tragen einen großen Tisch herbei, auf dem sich zahllose Speisen türmen: Gebratene Hühnchen, Rindersteaks, frisch gebackene Brote und köstliche Torten. Ein Raunen geht durch die Menge, als die Dorfbewohner die Köstlichkeiten erblicken. Auch Golina läuft das Wasser im Mund zusammen.

Ein Golem tritt neben den Tisch. An der ehrfürchtigen Art, wie die anderen Golems ihn behandeln, erkennt Golina, dass es sich um Nummer Null handeln muss.

„Hört mir zu, Schutzbedürftige!“, ruft er. „Ihr alle habt erlebt, was mit euch geschieht, wenn ihr euch nicht an die Sicherheitsvorschriften haltet. Doch wir können auch anders. Wenn ihr mir beweist, dass ihr bereit seid, jede unserer Anweisungen zu befolgen, dann erhaltet ihr ausreichend Nahrung und innerhalb des Antimonströsen Schutzwalls eine gewisse Bewegungsfreiheit. Zum Zeichen unseres guten Willens haben wir diese Speisen für euch zubereitet. Besteht ihr die Gehorsamsprüfung, könnt ihr so viel davon essen, wie ihr wollt. Fallt ihr jedoch durch oder weigert euch, werdet ihr wieder in Sicherheitsverwahrung genommen."

„Was ... was müssen wir denn tun, damit wir etwas zu Essen bekommen?", fragt Magolus.

„Zunächst müsst ihr euch an die Regeln halten. Und die erste Regel lautet: Ihr redet nur noch, wenn ihr dazu aufgefordert werdet. Hast du das verstanden?"

„Äh ... darf ich jetzt etwas sagen?", fragt Magolus kleinlaut.

„Ja. Ich habe dich schließlich etwas gefragt."

„Und was war das noch mal?"

„Ob du das verstanden hast."

„Ob ich was verstanden habe?"

Nummer Null rollt mit seinen rot glühenden Augen. „Dass du nur reden darfst, wenn du gefragt wirst."

Magolus sagt nichts.

„Also?", fragt Nummer Null.

„Äh, also was?", fragt Magolus.

„Hast du das verstanden, du Dummkopf?"

Normalerweise wird Magolus fuchsteufelswild, wenn man ihn beleidigt. Schließlich behauptet er,

Oberster Hohepriester von Allen und Stellvertreter Notchs auf Erden zu sein. Doch er ist offensichtlich so eingeschüchtert von der Macht des Golems, dass er nur noch stammelt.

„Äh, ja, na... natürlich, euer Exzellenz, ich ... ich habe verstanden. Ich werde nie wieder ... etwas sagen, wenn ich nicht ... also, gefragt werde. Aber ich ... ich habe solchen Hunger. Dürfte ich vielleicht ... untertänigst darum bitten, etwas zu Essen zu bekommen?“

„Zuerst musst du dich der Gehorsamsprüfung unterziehen. Tritt vor!“

Magolus stellt sich vor den Golem.

„Tanze auf einem Bein und gackere wie ein Huhn!“, befiehlt Nummer Null.

Magolus gehorcht. Normalerweise wäre das ein lustiger Anblick, doch Golina bleibt das Lachen im Hals stecken. Dass ausgerechnet der stolze und eingebildete Priester den Befehl befolgt, beweist, dass die Golems seinen Willen gebrochen haben. Auch die anderen Dorfbewohner beobachten das entwürdigende Schauspiel stumm.

„Sehr gut“, sagt Nummer Null. „Nun sag mir, wer die höchste Macht in diesem Dorf ist.“

„Das ist Notch, unser Herr“, sagt Magolus sofort.

„Falsch“, widerspricht Nummer Null, und Magolus zuckt zusammen. „Die höchste Macht hier und überall bin ich. Aber ich bin nicht wie ihr Knollnasen. Ich handele nicht aus Eigennutz heraus, sondern nur im Interesse eurer Sicherheit. Euer so genannter Notch, der angeblich die Welt erschaffen hat, existiert gar nicht. Hast du das verstanden?“

Magolus starrt den Golem an. Er wirft einen Blick zu dem Tisch mit den Speisen.

„Ich habe dich etwas gefragt, Knollnase. Hast du das verstanden?“

„Ich ... ich ...“, stammelt Magolus. Dann scheint ein Ruck durch ihn zu gehen. „Nein!“, sagt er mit fester Stimme. „Du hast Unrecht, Golem. Notch existiert, und er hat diese Welt geschaffen, ob du es glaubst oder nicht. Lieber verhungere ich, als dass ich aufhöre, ein Priester Notchs zu sein!“

„Sperrt ihn ein!“, sagt Nummer Null.

Magolus wird von zwei Golems in seine Zelle gezerrt. Seltsamerweise ist Golina darüber erleichtert. Sie hätte es schlimmer gefunden, wenn der Priester seinen Glauben verleugnet hätte.

„Du da, vortreten!“, sagt Nummer Null und zeigt auf Kaus, den Bauern.

„Ich, Herr Golem?“, fragt Kaus verdutzt.

„Ja, du. Mach schon!“

Eingeschüchtert tritt Kaus vor.

„Hüpf auf einem Bein und gackere wie ein Huhn!“, sagt Nummer Null.

Der Bauer gehorcht.

„Und jetzt sag mir, wer die höchste Macht in diesem Dorf ist."

„Das bist du, Herr Golem!"

„Sehr gut. Du hast schon zwei von drei Teilen der Gehorsamsprüfung bestanden. Wenn du auch den letzten Teil bestehst, kannst du dich sattessen und ins Dorf zurückkehren."

„Was muss ich tun, Herr Golem?"

„Nenne mir einen anderen Dorfbewohner, der eine Gefahr für die Sicherheit des Dorfes darstellt!"

Golina zuckt innerlich zusammen. Was für eine abscheuliche Frage das ist!

Kaus sieht sich verunsichert im Dorf um. Dann zeigt er auf Ruuna.

„Die da", sagt er. „Die Hexe. Die macht immer eine Menge Unsinn."

„Sehr gut. Du hast die Prüfung bestanden. Nimm dir von dem Tisch, was du magst. Nummern Zweiundsechzig und Hundertdrei, sperrt die Hexe in ihre Zelle!"

„Halt, nein!", protestiert Ruuna. „Ich will auch die Gehorsamsprüfung machen! Ihr könnt mich doch nicht einsperren, bevor ich die Prüfung gemacht habe!"

„Na gut", lenkt Nummer Null ein. „Also, komm her. Und jetzt hüpf auf einem Bein und gackere wie ein Huhn."

Die Hexe gehorcht.

„Wer ist die höchste Macht in diesem Dorf?"

„Du", sagt Ruuna. „Im Moment jedenfalls."

„Gut. Jetzt nenne mir einen anderen Dorfbewohner, der eine Gefahr für die Sicherheit des Dorfes darstellt!"

Ruuna dreht sich um. Ihr Blick gleitet über die Dorfbewohner, die sie angstvoll anstarren. Auch Kaus, der gerade ein gebratenes Hühnchen isst, blickt sorgenvoll - offenbar befürchtet er, dass Ruuna sich an ihm rächen könnte.

Doch die Hexe zeigt stattdessen auf Nummer Null.

„Du! Du bist eine Gefahr für die Sicherheit des Dorfs, du Baummörder! Du und deine Golembande, ihr habt alles kaputt gemacht, was an diesem Dorf schön war!"

„Durchgefallen!", sagt Nummer Null, und seine Augen funkeln böse. „Sperrt sie ein!"

Ruuna lässt sich widerstandslos abführen.

Einer nach dem anderen müssen die übrigen Dorfbewohner vortreten. Manche folgen dem Beispiel von Magolus und Ruuna und verweigern dem Golem den Gehorsam. Andere machen es wie Kaus und tun alles, was der Golem von ihnen verlangt. Als sie einen anderen Dorfbewohner verraten sollen, nennen sie die Namen derjenigen, die ohnehin schon eingesperrt wurden. Auf diese Weise landen Willert, Porgo und Kolles

Mutter Delphina in ihren Zellen, während Birta, Olum und Jarga ins Dorf dürfen.

Dann ist Golina an der Reihe. Sie wirft einen Blick zu Nano, der sehnsüchtig den Tisch mit den Speisen anstarrt, und trifft eine Entscheidung. Als der Golem sie dazu auffordert, hüpft sie auf einem Bein und gackert wie ein Huhn. Dann bestätigt sie, dass Nummer Null die höchste Macht im Dorf ist.

„Und welcher andere Dorfbewohner stellt eine Gefahr für die Sicherheit des Dorfes dar?", fragt Nummer Null. „Und komm bloß nicht auf die Idee, einen derjenigen zu nennen, die wir sowieso schon eingesperrt haben."

„Das hatte ich auch nicht vor", erwidert Golina. „Denn die sind alle harmlos im Vergleich zu demjenigen, der wirklich eine Gefahr für die Sicherheit des Dorfs darstellt, jedenfalls, solange ihr Golems es bewacht."

„Und wer ist dieser gefährliche Dorfbewohner? Rede!"

„Primo!", sagt Golina voller Stolz. „Mein Mann ist der gefährlichste aller Dorfbewohner. Denn er wird nicht ruhen, bis die Mauer um unser Dorf niedergerissen wurde und ihr Golems alle vertrieben seid!"

Nummer Null starrt sie an, und seine Augen glühen rot vor Zorn und Misstrauen. Doch dann sagt er: „Korrekt. Du hast die Gehorsamsprüfung bestanden."

12. Hunger

„Danke für den Quatsch! Die Sonne muss sich konzentrieren!“

„Was redest du denn da für einen Unsinn, Golina?“, fragt Primo schlaftrunken.

„Hallo, Golina?“, krächzt Robinson. „Hallo? Wenn ich nur wüsste!“

Nun ist Primo hellwach. Sein Magen knurrt, und er ist so geschwächt, dass er kaum aufstehen kann. Wenn er nicht bald etwas zu Essen findet, dann wird er sterben, so viel steht fest.

Als er aus dem Haus tritt, steht die Sonne bereits hoch am Himmel. In der Nähe liegen ein paar Knochen und Fetzen fauligen Fleisches.

Fleisch! Es sieht nicht sehr appetitlich aus und riecht unangenehm, aber Primos Hunger ist so groß, dass er einen Fetzen in den Mund steckt und darauf herumkaut. Im nächsten Moment krümmt er sich zusammen und übergibt sich.

„Roh möchte ich den auch nicht essen“, kommentiert Robinson. „Echt jetzt!“

Jetzt hat Primo keinen Hunger mehr, aber dafür ist ihm übel, und er fühlt sich noch schwächer. Der Boden scheint unter ihm zu schwanken. Er atmet ein paar Mal tief ein und aus, und allmählich geht es ihm etwas besser.

In diesem Moment nimmt er eine Bewegung wahr. Am anderen Ende der Insel hockt eine schwarze Riesenspinne. Die Schafe scheinen Angst vor ihr zu haben, denn sie halten deutlichen Abstand. Dabei sind Spinnen tagsüber harmlos, während sie nachts zu gefährlichen Gegnern werden.

Eine Spinne liefert Spinnenfaden, aus dem man eine Angel oder einen Bogen herstellen kann, doch ohne Waffe hat er keine Chance gegen das Monster. Selbst mit einem Eisenschwert wäre es in Primos momentanen Zustand ein hohes Risiko, das Tier anzugreifen. Andererseits, wenn er nicht bald etwas zu Essen bekommt, ist es auch egal, auf welche Weise er stirbt.

Also greift er sich eine Fackel von der Wand, nimmt die Steinspitzhacke und klettert die Stufen hinunter, die er gestern in den Felsen unter der Insel gehauen hat. Tapfer schlägt er auf das Gestein ein und gräbt sich immer tiefer nach unten. Jeder Schwung der schweren Spitzhacke fällt ihm schwer, doch er gibt nicht auf. Der Gedanke an Golina und Nano gibt ihm Kraft, und auch die Erinnerung an all die Abenteuer, die er schon überstanden hat. Er war schließlich schon im Nether, im Ende und sogar auf dem Mond, jedenfalls beinahe. Da wird er es doch wohl schaffen, auf einer kleinen Insel zu überleben!

Hoch über ihm, am Eingang des Schachts, leuchten bereits die Sterne am Himmel, und die Rufe der Nachtwandler klingen unheimlich durch die Finsternis, als Primo im Licht seiner Fackel endlich ein metallisches Glitzern in den Steinen entdeckt. Mit letzter Kraft gelingt es ihm, mehrere Blöcke Eisenerz aus der Wand zu schlagen. Vor Erschöpfung keuchend klettert er die vielen Stufen wieder nach oben.

Als er fast den Ausgang des Schachts erreicht hat, verdunkelt sich plötzlich der Nachthimmel.

Unngh, macht die Gestalt, die nun die Treppenstufen herunter wankt und Primo so den Weg abschneidet.

Was nun? Fieberhaft überlegt er. Für einen Kampf gegen das Monster ist er zu schwach, und die Spitzhacke ist als Waffe ungeeignet. Wenn er die Treppe herunter flieht, sitzt er am unteren Ende in der Falle. Er könnte versuchen, mit der Spitzhacke einen Tunnel zu schlagen, doch das Monster kann schneller laufen, als er graben kann.

Da hört er eine Stimme von weit oben: „Komm doch runter und zeig dich! Hallo? Du bist der blödeste sprechende Fisch, dem ich je begegnet bin!“

Robinson kann ihm wohl jetzt auch nicht mehr helfen. Obwohl ... Das sinnlose Geplapper bringt Primo auf eine Idee. Den letzten Satz hat das Tier ebenfalls gekrächzt, als Primo einen Schacht gegraben hatte und in der Falle saß. Vielleicht kann er den Nachtwandler ja in eine ähnliche Falle locken!

Rasch schlägt er eine zwei Blöcke tiefe Grube vor sich in die Treppe.

„Komm doch her, du blöder Nachtwandler!“, ruft er.

Unngh, lautet die Antwort. Das Monster scheint tatsächlich seine Schritte zu beschleunigen. Kurz darauf biegt es direkt vor Primo um eine Kurve der Wendeltreppe, die er in den Stein geschlagen hat.

Der Nachtwandler stößt ein gieriges Stöhnen aus und streckt seine Arme nach Primo aus. Doch als er den nächsten Schritt macht, stürzt er in die Grube, die Primo für ihn gegraben hat. Er ächzt empört und hüpft in der Falle herum, kann jedoch nicht entkommen.

Primo gräbt einen neuen Weg durch die Felsen und klettert ohne weitere Schwierigkeiten hinauf. Zum Glück ist der Ausgang des Schachts nicht allzu weit von seinem notdürftigen Haus entfernt, so dass er es schafft, sich darin in Sicherheit zu bringen, bevor sich weitere Monster auf ihn stürzen können.

Schwer atmend vor Anstrengung legt er das Eisenerz in den Ofen und heizt ihn mit mehreren Holzstücken an. Mit Hilfe des alten Buchs gelingt es ihm, ein Eisenschwert herzustellen. Es erinnert ihn an seinen ersten misslungenen Versuch, in der Schmiede seines Vaters eine Schaufel zu machen. Doch diesmal ist er stolz auf das Ergebnis.

Primo wartet, bis die Sonne aufgeht und die übrigen Monster verbrennt. Dann wankt er müde aus dem Haus, das Schwert in der Hand. Er ist so erschöpft, dass er es kaum anheben kann. Doch er wird nicht kampflos aufgeben!

Die Spinne hockt auf einem flachen Hügel in der Nähe des Eingangs zu dem Schacht, den Primo gestern gegraben hat. Als er sich nähert, mustert sie ihn mit ihren rot glühenden Augen, macht jedoch keine Anstalten, ihn anzugreifen.

„Tut mir leid, liebe Spinne“, sagt Primo. „Aber ich brauche dringend deinen Spinnenfaden. Also heißt es jetzt ‚du oder ich‘.“

Damit hebt er das Schwert und schlägt damit auf die Spinne ein. Das Tier stößt ein wütendes Zischen aus und versucht, sich auf Primo zu stürzen, der zur Seite wankt.

Robinson flattert aufgeregt um Primo herum. „Tut mir leid, du dummes Tier!“, krächzt er. „Danke für deine Hilfe!“

In diesem Moment hört Primo hinter sich ein bedrohliches Zischen. Er fährt herum und sieht zu seinem Entsetzen einen Knallschleicher, der sich auf der anderen Seite des Hauses versteckt haben muss und sich nun heimtückisch angeschlichen hat, wie Knallschleicher das nun mal tun.

Er hebt das Schwert, doch es ist zu spät, um gegen den Knallschleicher zu kämpfen, der sich bereits aufbläht. Zu allem Überfluss geht in diesem Moment auch noch die Spinne auf Primo los.

Ohne Nachzudenken tut er das einzige, was er in dieser Situation noch machen kann: Er stürzt sich in den Schacht. Hart schlägt er auf den Treppenstufen auf, genau über der Falle, in der immer noch der Nachtwandler feststeckt und wütend stöhnt.

KAWUMM! Es gibt einen ohrenbetäubenden Knall, und der Eingang des Schachts über ihm wird weggesprengt. Sand und Trümmerteile regnen auf ihn herab, doch wie durch ein Wunder hat er die Explosion überlebt.

„Lass den Quatsch, Golina!“, krächzt Robinson.

Die Erwähnung des Namens seiner geliebten Frau gibt Primo neue Kraft. Er rappelt sich auf und klettert aus dem Krater, den der Knallschleicher gesprengt hat. Zu seiner großen Freude findet er ein Knäuel Spinnfaden, außerdem drei Ballen Wolle und zwei Stücke frisches Fleisch. Offenbar hat der Nachtwandler nicht nur sich selbst und die Spinne, sondern auch noch ein Schaf, das zufällig in der Nähe war, in die Luft gesprengt.

Froh, endlich einmal etwas Glück zu haben, nimmt Primo das Fleisch und stolpert zu seiner Hütte. Eine Wand wurde zerstört, doch der Ofen steht noch. Er legt das Fleisch hinein, und kurz darauf erfüllt ein appetitlicher Duft die Luft, der Primo das Wasser im Mund zusammenlaufen lässt. Als das Fleisch endlich gar ist, stopft er es in seinen Mund und schlingt es gierig herunter. Noch nie in seinem Leben hat ihm etwas so gut geschmeckt!

Die Erschöpfung überwältigt ihn, und er bricht zusammen und fällt in tiefen Schlaf.

13. In der Tiefe

Als Primo aufwacht, steht die Sonne bereits tief. Es geht ihm schon wesentlich besser. Rasch repariert er die Hauswand, dann baut er mit dem restlichen Holz und der Schafswolle nach der Anleitung in dem alten Buch ein Bett. Darin schläft es sich wesentlich gemütlicher als auf dem Boden!

Am nächsten Morgen weckt ihn Robinson mit einem fröhlichen „KAWUMM! Du blöder Fisch, ich brauche dringend deinen Spinnenfaden!“

„Guten Morgen, Robinson!“, sagt Primo lächelnd.

Er streckt sich. Seine Knochen schmerzen noch ein bisschen, aber ansonsten ist er fast wieder der Alte. Doch er sitzt immer noch auf der kleinen Insel fest. Er kann sich zwar jetzt eine Angel bauen und wird nicht mehr verhungern. Doch wie soll er je zu Golina zurückkehren?

Auf der Suche nach einer Bauanleitung für ein Boot blättert er in dem alten Buch, das ihm schon so oft geholfen hat. Doch er findet nur einen Hinweis auf der letzten Seite:

Wie man ein Boot baut, in den Nether gelangt, Zaubertränke braut und vieles mehr erfahrt ihr im nächsten Band „Crafting für Fortgeschrittene“. Ab sofort in gut sortierten Bibliotheken und alten Ruinen zu finden!

Das nützt Primo leider nicht viel. Doch die Erwähnung der Zaubertränke erinnert ihn daran, dass er noch die Unterwasseratmungstränke hat, die Ruuna für ihn gebraut hat. Damit kann er doch einfach auf dem Grund des Ozeans bis zur Küste marschieren! Wieso ist er nicht eher auf diese Idee gekommen? Er hätte sich den ganzen Ärger hier ersparen können!

Aber ob der Trank auch wirklich funktioniert? Primo geht ein Stück weit ins Wasser und nimmt einen kleinen Schluck aus einer der Flaschen, die wie durch ein Wunder bei seinem Sprung in den Schacht heilgeblieben sind. Seltsam, der Geschmack erinnert ihn an etwas ... er weiß nur nicht genau, woran.

Er steckt den Kopf unter Wasser und atmet ein. Augenblicklich bekommt er einen Hustenanfall, richtet sich auf und spuckt Wasser aus. Was immer der Trank bewirkt, unter Wasser atmen kann man damit jedenfalls nicht!

Robinson flattert aufgeregt am Strand herum. „Hallo?“, krächzt er. „Hallo? Primo? Komm doch her, du blöder Fisch!“ Er fliegt auf das Hausdach und blickt sich in alle Richtungen um, so als suche er etwas. „Hallo? Hallo?“, macht er. „Echt jetzt! Komm doch her! Hallo?“

Ob das etwas zu bedeuten hat? Primo blickt zufällig an sich herab und sieht - nichts! Als er sich die Hand vor die Augen hält, bestätigt sich sein Verdacht: Die schusselige Hexe hat ihm keine Unterwasseratmungstränke mitgegeben, sondern Unsichtbarkeitstränke! Na großartig. Wie soll er denn jetzt von hier wegkommen?

Er kramt die anderen Tränke hervor und stellt dabei fest, dass er schon wieder halbdurchsichtig ist.

Robinson scheint das zu freuen, denn er krächzt: „Primo! Danke für deine Hilfe!"

Als er genauer hinsieht, stellt Primo fest, dass die anderen vier Tränke eine dunklere Farbe haben als der, von dem er gerade getrunken hat. Offenbar hat Ruuna nur einen der Tränke verwechselt. Er nimmt einen Schluck aus einer der anderen Flaschen, und diesmal klappt es wirklich: Er kann unter Wasser atmen, als wäre es ganz normale Luft!

„Lass den Quatsch!", krächzt Robinson nervös.

„Tut mir leid, Robinson, aber ich muss jetzt nach Hause gehen", sagt Primo. „Alles Gute!"

„Also heißt es jetzt ‚du oder ich'", kommentiert das fliegende Huhn. „Tut mir leid. Alles Gute!"

Primo winkt zum Abschied, dann trinkt er den Rest des Zaubertranks aus und marschiert ins Wasser.

Er klettert einen steilen Abhang hinunter, der wie ein Berg vom Meeresgrund aufragt. Je tiefer er sinkt, desto dunkler wird es um ihn. Tintenfische schwimmen hoch über ihm, und er kann schwach das Sonnenlicht durch die Wasseroberfläche flirren sehen, doch es ist schwer, sich hier unten zu orientieren.

Zwar kann er das Wasser atmen, als wäre es Luft, doch es verlangsamt seine Bewegungen. Schritt für Schritt marschiert er durch die Dunkelheit. Da sieht er auf einmal einen riesigen Schatten vor sich. Rechteckige Säulen ragen vom Meeresgrund auf, die eindeutig nicht natürlichen Ursprungs sind.

Das Monument! In seinem Wunsch, nach Hause zu gelangen, hat Primo ganz vergessen, dass er eigentlich einen Schwamm besorgen wollte, um Lausius zu helfen, der Golemplage Herr zu werden. Und nun steht er hier vor diesem Unterwasserbauwerk, in dem es nach Aussage des Alten Schwämme geben soll. Diese Gelegenheit darf er nicht ungenutzt verstreichen lassen!

In diesem Moment erklingt von oben ein fremdartiges, brummendes und zischendes Geräusch. Als Primo aufblickt, durchfährt ihn ein Schreck: Genau über ihm schwimmt eines der hässlichen einäugigen Monster. Aus seinem Auge schießt ein heller Lichtstrahl hervor und trifft einen Tintenfisch, der sich kurz darauf auflöst.

Entsetzen packt Primo, als sich das Monster auf einmal umdreht und ihn mit seinem tödlichen Auge anstarrt. Es ist zu weit entfernt, als dass er es mit seinem Schwert angreifen könnte.

Rasch versteckt er sich hinter einer der Säulen. Doch das Monster nimmt die Verfolgung auf und schwimmt um die Säule herum. Während Primo auf die andere Seite flieht, um dem vernichtenden Blick auszuweichen, sieht er mit Grauen, dass sich noch mehr der schrecklichen Monster nähern. Wenn sie ihn umzingeln, ist es um ihn geschehen!

Jetzt kann nur noch eines helfen. Primo kramt die übrigen vier Flaschen mit Zaubertrank hervor. Doch welche davon ist jetzt der Unsichtbarkeitstrank? In der Finsternis kann er sie nicht auseinanderhalten.

Wahllos setzt er eine der Flaschen an seine Lippen und trinkt sie aus. Er hat Glück: Wie er am Geschmack erkennt, handelt es sich tatsächlich um den Unsichtbarkeitstrank. Die einäugigen Monster können ihn nicht mehr sehen und schwimmen davon.

Der Schreck über die Begegnung steckt Primo noch in den Knochen, und alles in ihm drängt ihn, sich so schnell wie möglich aus dem Staub zu machen, bevor die Wirkung des Unsichtbarkeitstranks nachlässt. Doch dann denkt er an Golina und Nano, die in ihren

Sicherheitszellen eingesperrt sind. Wenn er jetzt versagt und ohne Schwamm ins Dorf zurückkehrt, werden sie vielleicht für immer eingesperrt bleiben.

Also schwimmt Primo stattdessen an der Säule empor und sucht einen Eingang in das Monument. Als er aufsteigt, wird es etwas heller, so dass er mehr sehen kann. Erst jetzt erkennt er, wie riesig das Unterwasserbauwerk ist! Ein Eingang ist nirgends zu sehen, doch dafür entdeckt er auf einer Seite ein schwaches Glühen. Als er dorthin schwimmt, sieht er eine Reihe von Bögen aus grünlichem Stein, an deren Unterseite leuchtende Würfel befestigt sind. Die Bögen führen zwischen zwei Flügel des Bauwerks zur zentralen Pyramide, in deren Seite sich ein Eingang befindet.

Erneut erklingt das fremdartige Brummen und Zischen, als eines der einäugigen Monster mit seinem Todesstrahl einen Tintenfisch tötet, der dem Monument zu nah gekommen ist. Offensichtlich bewachen diese Wesen das Bauwerk. Gnade ihm Notch, falls Primo noch in der Nähe ist, wenn die Wirkung des Unsichtbarkeitstranks nachlässt!

14. Das Monument

Primo nimmt allen Mut zusammen und schwimmt durch den Eingang in eine kleine Kammer. Schwaches Licht dringt durch eine Öffnung in der Decke. Vorsichtig paddelt er durch das Loch nach oben in ein Zwischengeschoss. Vier leuchtende Blöcke in den Ecken des kleinen Raums strahlen ein kaltes, weißes Licht aus. Auf einer Seite führt eine dunkle Öffnung tiefer ins Innere des Monuments. Ein Loch in der Decke führt weiter nach oben. Von dort dringt ebenfalls ein schwacher Lichtschein.

Da er nicht weiß, wohin er sich wenden soll, entscheidet sich Primo, dem Licht zu folgen, und schwimmt durch die Öffnung in der Decke. Der obere Raum sieht ähnlich aus wie der darunter, nur dass hier zwei Durchgänge weiterführen. Einer davon führt in eine beleuchtete Kammer, der andere ist dunkel. Auch dieser Raum hat ein Loch in der Decke.

Als Primo nach oben blickt, zuckt er zusammen. In dem Raum über ihm schwimmt ein einäugiges Monster, das viel größer ist als die, die er bisher gesehen hat. Selbst, wenn er mutig genug wäre, um sich diesem Giganten zu nähern, würde er es kaum schaffen, durch die Öffnung zu schwimmen, ohne ihn zu berühren. Der Weg nach oben ist also versperrt.

Primo will gerade in den beleuchteten Nebenraum schwimmen, als sich von dort ein weiteres einäugiges Monster nähert. Dieses ist nicht so groß wie das über ihm, aber es ist beängstigend genug. Zwar kann es Primo nicht sehen, aber er hat keinen Zweifel, dass es ihn wahrnehmen und angreifen wird, falls er es berührt. Da das Wesen genau auf ihn zu schwimmt, bleibt ihm nichts anderes übrig, als rasch durch die dunkle Öffnung zu flüchten.

Das einäugige Monster scheint Primo zu folgen, also schwimmt er weiter, so schnell er kann. Von unten dringt Licht herauf. Primo taucht durch eine Öffnung im Boden in Richtung des Lichts, und dann durch eine zweite Öffnung noch tiefer herab. Er gelangt in eine Nische, die von einem einzelnen Leuchtblock erhellt wird. Ein Durchgang führt in einen weiteren Raum, in dem vier Säulen mit Leuchtsteinen in der Mitte stehen. Dahinter liegt ein noch wesentlich größerer Raum.

Also Primo weiter in diese Richtung schwimmt, stockt ihm der Atem. In der Mitte einer gewaltigen Kammer erhebt sich eine seltsame Konstruktion aus Stein, in deren Mitte sich ein großer Würfel aus einem dunklen, rechteckig gemusterten Material befindet. In den Ecken des Würfels glühen Leuchtsteine. Um dieses Objekt herum schwimmt ein ganzer Schwarm einäugiger Monster, als wäre es besonders kostbar und sie müssten es vor Eindringlingen wie Primo beschützen.

Als er sich umwendet, um den Rückzug anzutreten, blickt er in das böse starrende Auge eines Wächters. Hat das Monster ihn gesehen? Nein, anscheinend nicht, doch es schwimmt genau auf ihn zu.

Der einzige Ausweg ist ein kleiner Durchgang links von ihm, hinter dem weitere Leuchtsteine zu erkennen sind. Primo flüchtet dorthin, doch auch hier kommt ihm ein Wächter entgegen.

Rasch zwängt er sich in einen schmalen Gang zwischen einem der Leuchtsteine und der Wand des Raums. Keine Sekunde zu früh, denn im nächsten Moment schwimmt der einäugige Wächter an ihm vorbei, so dicht, dass er ihn beinah berührt.

Auf einmal merkt Primo, dass er nicht mehr so gut atmen kann. Es fühlt sich an, als drücke ihm jemand die Kehle zu. Rasch holt er einen der Zaubertränke hervor und trinkt ihn aus. Daraufhin legt sich das beklemmende Gefühl, und er kann wieder frei atmen.

Erleichtert folgt Primo dem schmalen Gang. Vielleicht führt der ja irgendwo hin, wo weniger Wächter sind.

Doch der Gang endet in einer Sackgasse. Nein, nicht ganz: In der Decke ist ein Loch, das in eine dunkle Kammer führt. In der Hoffnung, dort oben einen Ausgang zu finden, schwimmt Primo hindurch.

Doch die Kammer ist stockfinster und scheint keinen weiteren Ausgang zu haben.

Als er um sich tastet, berührt er etwas Weiches. Es fühlt sich ein wenig an wie ein nasser Ballen Schafswolle. Primo weiß zwar nicht, wie ein Schwamm aussieht, aber er weiß, dass er weich ist und viel Wasser aufnehmen kann - genau wie dieser Block. Stolz erfüllt ihn. Er hat seine Aufgabe erfüllt!

Na ja, noch nicht ganz. Erst muss er noch mit dem Schwamm heile aus dem Monument herauskommen und es bis ins Dorf schaffen, um ihn Lausius zu geben. Und dann ist immer noch fraglich, ob es dem Alten wirklich gelingt, der Golemplage Herr zu werden. Wie so ein nasses, weiches Ding dabei helfen soll, ist Primo schleierhaft.

Es ist ziemlich einfach, den Schwamm abzureißen. Sicherheitshalber steckt er noch ein paar weitere Schwämme ein. Dann macht er sich auf den Rückweg. Vorsichtig nähert er sich dem Durchgang zu dem riesigen Raum mit dem großen Würfel in der Mitte. Als die Gelegenheit günstig ist, schwimmt er rasch zu dem Ausgang, durch den er gekommen ist, und von dort zurück zum Eingang des Monuments.

Doch als er es gerade verlassen will, bemerkt er, dass er seine Hand sehen kann. Die Wirkung des Unsichtbarkeitstranks hat nachgelassen!

Vor dem Eingang des Monuments schwimmen mehrere Wächter herum. Bis jetzt hat noch keiner von ihnen Primo gesehen, doch das ist nur eine Frage der Zeit. Rasch schlüpft er durch den Eingang und lässt sich einfach in die Tiefe fallen.

Alles scheint zunächst gutzugehen, doch als er auf den Meeresboden sinkt, entdeckt ihn einer der Wächter und schwimmt auf ihn zu. Primo kann sich gerade noch hinter einer der Säulen verstecken, bevor der Todesstrahl des Monsters ihn treffen kann.

Was nun? Er hat keinen Unsichtbarkeitstrank mehr, und selbst, wenn er dem Wächter eine Zeitlang ausweicht, indem er immer wieder um die Säule herumläuft, wird ihm irgendwann der Unterwasseratmungstrank ausgehen, und dann wird er jämmerlich ertrinken!

Es hat keinen Sinn - er muss das Risiko eingehen, über den offenen Meeresgrund zu fliehen, den tödlichen Blicken des Monsters ausgeliefert. Jetzt kann ihn nur noch ein Wunder retten!

Er umrundet die Säule ein weiteres Mal, dicht gefolgt von dem Wächter, dann rennt er, so schnell er kann, über den Meeresgrund. Das ist leider nicht besonders schnell - das Wasser bremst ihn und scheint ihn festhalten zu wollen wie klebrige Spinnenfäden. Er kann den Blick des Monsters in seinem Rücken spüren. Jeden Moment wird es seinen tödlichen Strahl auf ihn abschießen!

Als Primo das grässliche Brummen und Zischen hinter sich hört, ist er sicher, dass nun sein Ende gekommen ist. Doch er spürt keine Schmerzen. Überrascht sieht er sich um. Der Wächter zielt nicht auf ihn, sondern auf einen Tintenfisch, der sich von oben genähert hat. Schon wieder hat ihm eines der achtarmigen Wesen das Leben gerettet!

Während der Wächter abgelenkt ist, nutzt Primo die Gelegenheit, um sich rasch hinter einer Bodenunebenheit in Deckung zu bringen. Als sich der Tintenfisch auflöst, blickt sich der Wächter um, kann Primo jedoch nicht mehr sehen. Also steigt er wieder auf, um das Monument zu bewachen.

Erst, als das Monster außer Sichtweite ist, wagt sich Primo aus der Deckung. Langsam, um keine unnötige Aufmerksamkeit anzuziehen, schleicht er davon. Er ist nicht mehr sicher, in welche Richtung er läuft, aber das ist ihm egal - Hauptsache, weg von den einäugigen Ungeheuern!

Nach einer Weile steigt der Meeresboden vor ihm steil an. Er klettert den Hang hinauf und durchbricht schließlich die Meeresoberfläche. Überrascht blickt er an der steilen Felsklippe empor, von der er vor einigen

Tagen in die Tiefe gesprungen ist. Er hat es ans Festland geschafft!

Die Sonne steht tief über dem Horizont. Erschöpft und erleichtert baut sich Primo einen Notunterschlupf, indem er mit der Spitzhacke eine kleine Höhle in die Felswand schlägt und sie notdürftig abdichtet. Durchnässt und erschöpft, aber glücklich, die gefährliche Reise überstanden zu haben, schläft er ein.

15. Das Rezept

Eine krächzende Stimme weckt Primo: „Tut mir leid. Also heißt es jetzt ‚du oder ich'. Kawumm!"

Erschrocken fährt er aus dem Schlaf. Hat er etwa seine abenteuerliche Flucht von der Insel und das Herumirren in dem Monument nur geträumt? Doch als er sich aufsetzt, stellt er fest, dass er sich in der kleinen Nische befindet, die er gestern in den Felsen geschlagen hat. Robinson hockt in dem rechteckigen Loch, das Primo in der Wand offengelassen hat. Er konnte das Risiko eingehen, da die Öffnung auf das Meer hinausblickt und sich von dort keine Skelette nähern und ihn mit ihren Pfeilen im Schlaf überraschen können.

„Hallo, Robinson!", sagt er lächelnd. „Schön, dich zu sehen! Bist du den ganzen Weg übers Meer hierhergeflogen?"

„Hallo, liebe Spinne", erwidert das Tier. „Tut mir leid. Ich muss jetzt nach Hause gehen. Echt jetzt."

Aber Robinson macht keine Anstalten, davonzufliegen. Erst, als Primo mit der Spitzhacke den Stein entfernt, auf dem er sitzt, flattert er auf und krächzt empört: „Lass den Quatsch, du dummes Tier! Ich will dich doch bloß essen!"

Primo macht sich auf den Weg. Da die Felsklippe zu steil ist, um sie hinaufzuklettern, folgt er dem felsigen Ufer, bis er einen flacheren Hang findet. Robinson, der anscheinend von seiner Überquerung des Meeres erschöpft ist, setzt sich auf seine Schulter und lässt sich von ihm tragen, wobei er hin und wieder sinnlose Kommentare krächzt.

Schließlich erreichen sie die verschneite Hochebene. Als sie den Abhang am anderen Ende der Ebene erreichen, glaubt Primo zuerst, dass er sich getäuscht hat und doch an einer fremden Küste an Land gegangen sein muss. Denn dort, wo er Wald erwartet hätte, erstreckt sich nur eine weite, grasbewachsene Hügellandschaft. Doch dann entdeckt er mitten auf der Ebene eine Hütte. Ihm fällt wieder ein, wie die Golems den Wald rodeten, und er begreift, dass dies Willerts und Ruunas Hütte sein muss. Zum Glück sind keine Golems mehr zu sehen.

„Tut mir leid, Golina“, kommentiert Robinson den traurigen Anblick. „Du hast mir einen ganz schönen Schreck eingejagt.“

Primo klettert den Hang hinab und läuft zur Hütte, doch als er an die Tür klopft, öffnet ihm niemand. Er tritt ein und stellt fest, dass die Hütte leer ist. Das kann nur bedeuten, dass die Golems auch Ruuna und Willert eingesperrt haben. Er ist nun der einzige Dorfbewohner, der noch in Freiheit ist.

Er öffnet die Falltür, die in Ruunas Keller hinabführt. Ein unangenehmer Geruch dringt ihm daraus entgegen, aber das ist nicht weiter ungewöhnlich.

„Ruuna?“, ruft er. „Bist du da unten?“

Er erhält keine Antwort, doch ihm kommt eine Idee. Er klettert die Leiter hinab in Ruunas Hexenküche.

„Lass den Unsinn!“, krächzt Robinson, der sich hier unten offensichtlich nicht sehr wohl fühlt. „Ich muss jetzt nach Hause gehen!“

Primo sieht sich um. In einer Ecke steht Ruunas Braustand, in dem sie ihre Tränke herstellt. Glasflaschen mit verschiedenfarbigen Flüssigkeiten stehen herum. Vielleicht ist hier ja irgendwo noch ein Unsichtbarkeitstrank?

Er entdeckt eine Flasche, deren Inhalt so ähnlich aussieht wie der Unsichtbarkeitstrank. Vorsichtig schnüffelt er daran. Riecht der Trank ein bisschen anders? Primo ist sich nicht sicher.

„Lass den Quatsch, liebe Spinne!“, warnt Robinson.

Primo nimmt vorsichtig einen Schluck. Übelkeit überkommt ihn, ihm wird schwindelig, und auf einmal fühlt er sich sehr schwach. Die Flasche mit dem Trank scheint so schwer geworden zu sein, dass sie ihm aus der Hand fällt und auf dem Boden zerbricht.

Erschöpft sackt er auf dem Boden zusammen und hält eine Hand vor Augen. Nein, unsichtbar hat ihn der Trank nicht gemacht.

„Ich muss mich konzentrieren“, krächzt Robinson.

Nach einer Weile klingt die Wirkung des Tranks ab, und Primo geht es besser. Aber er hat keine Lust mehr, aufs Geratewohl aus den Flaschen zu trinken. Womöglich ist in einer von ihnen ein tödliches Gift.

Schade, es wäre praktisch gewesen, wenn er hier einen Unsichtbarkeitstrank gefunden hätte. Wie sonst soll er an den Golems vorbeikommen und ins Dorf gelangen, um Lausius den Schwamm zu geben?

„Wenn ich nur wüsste, wie man ein Haus baut", krächzt Robinson. „Oder wenigstens einen Fisch."

„Natürlich!", ruft Primo. „Das ist es! Ich muss einfach selber einen Unsichtbarkeitstrank brauen! Du bist genial, Robinson!"

„Hallo?", erwidert das fliegende Huhn verdutzt.

Primo sieht sich um und entdeckt an einer Wand ein Bücherregal. Darin stehen Bücher mit Titeln wie *Vegane Zaubertränke, Die hundert besten Rezepte mit Giftpilzen, Spinnenaugen lecker zubereiten* und *Gesund kochen mit Sumpfwasser.* Die nützen ihm nicht viel.

Nur ein Buch hat gar keinen Titel. Als Primo es aufschlägt, sieht er auf der ersten Seite einen Hinweis in krakeliger Schrift:

Hör auf, dieses Buch zu lesen! Ja, dich meine ich! Dieses Buch ist supergeheim, also geht es dich gar nichts an. Klapp es sofort wieder zu! Außer, du bist ich, dann darfst du weiterlesen.

Neugierig blättert Primo weiter. Wie er gehofft hatte, enthält das Buch Ruunas handschriftliche Aufzeichnungen ihrer supergeheimen Spezialrezepte. Allerdings ist es nicht einfach zu lesen, denn die Schrift ist kaum zu entziffern, manches ist durchgestrichen und Anmerkungen sind an den Rand oder quer über den Text gekritzelt.

Weiter hinten im Buch findet Primo ein interessantes Rezept:

Supergeheimer Spezialtrank der Unsichtbarkeit *(glaube ich jedenfalls).*

Zutaten:

1 Netherwarze

1 <u>Goldene</u> Karotte (normale Karotten funktionieren nicht)

1 Frisches Spinnenauge

1 Prise Zucker

1 ~~Giftpilz~~Brauner Pilz

~~1 Block TNT~~ Nein, das war doch keine gute Idee

Spinnenauge mit ~~etwas~~ganz viel! Zucker abschmecken (das schmeckt echt total eklig!). Dann mit dem ~~Gift~~pilz über Nacht fermentieren. Netherwarze und goldene Karotte in einen Kolben mit Wasser geben. Bei hundert Grad zehn Minuten auf Stufe 3 verrühren.

Fermentiertes Spinnenauge hinzufügen. ~~Für den Geschmack noch etwas TNT einrühren.~~ Glaskolben vorsichtig schütteln. Falls Trank nicht explodiert, hat es geklappt.

Tipp: Wenn man etwas Redstonepulver hinzufügt, verlängert sich die Wirkung. Aber nicht zu viel, sonst bleibt man vielleicht für immer unsichtbar.

Puh, das klingt ganz schön kompliziert. Aber komplizierter, als einen Schwamm aus einem riesigen Ozeanmonument voller einäugiger Monster zu holen, kann es auch nicht sein. Also macht sich Primo auf die Suche nach den nötigen Zutaten.

In einer Ecke des Raums findet er eine große Kiste. Als er sie öffnet, blickt er in ein heilloses Durcheinander der merkwürdigsten Dinge. Er wühlt eine Weile darin herum und entdeckt ein paar der seltsamen Pilze, die er in einer alten Festung im Nether gefunden hat, eine goldene Karotte und etwas roten, glitzernden Staub, den er als Redstonepulver identifiziert. Jetzt fehlt nur noch ein fermentiertes Spinnenauge, was immer das ist.

In einem der Regale entdeckt Primo ein Glas, in dem in einer trüben Flüssigkeit ein ekelhaftes, rötliches Gebilde schwimmt. Als er an dem Glas riecht, dringt ihm ein beißender Geruch entgegen, der in der Nase kribbelt.

„Igitt!“, ruft er aus. „Das ist wirklich eklig!“

Ob das ein fermentiertes Spinnenauge ist? Ihm bleibt wohl nichts anderes übrig, als es darauf ankommen zu lassen.

„Natürlich! Das ist es!“, kommentiert Robinson. „Du bist wirklich eklig, Golina!“

„He, sag so etwas nicht!“, schimpft Primo, bevor ihm wieder einfällt, dass das Tier ja gar nicht versteht, was es da vor sich hinplappert.

Er füllt alles wie im Rezept angegeben in den Braustand, gibt noch ein paar Handvoll Redstonepulver hinzu und rührt die Brühe eine Weile um. Die Zutaten lösen sich auf, und in dem Glaskolben ist jetzt eine Flüssigkeit, die so ähnlich aussieht wie der Unsichtbarkeitstrank.

Vorsichtig nimmt er den Kolben heraus, hält ihn so weit wie möglich von sich und schüttelt leicht.

„Kawumm!“, krächzt Robinson.

Primo erschrickt so sehr, dass er die Glasflasche beinahe fallen lässt.

„Mach das nicht noch einmal!“, ermahnt er das Tier. „Ich habe mich fast zu Tode erschrocken!“

„Sag so etwas nicht“, antwortet Robinson. „Das ist wirklich eklig.“

Primo schnüffelt an der Flasche und rümpft die Nase. Bloß nicht an das Spinnenauge denken, das sich in dieser Brühe aufgelöst hat. Er überwindet seine Abscheu und nimmt einen kleinen Schluck.

„Hallo, Ruuna?“, krächzt Robinson erschrocken. „Bist du da unten?“

Primo hält prüfend eine Hand vor die Augen. Es hat geklappt, er hat einen Unsichtbarkeitstrank gebraut!

16. Unterirdisch

Als Primo aus der Hütte tritt, sitzt Robinson auf seiner Schulter. Da erklingt auf einmal lautes Gebell. Paul kommt angerannt, springt an Primo hoch und leckt ihm vor Freude das Gesicht. Robinson flattert erschrocken auf.

„Igitt, das ist eklig!“, krächzt er. „Ich habe mich fast zu Tode erschrocken!“

Paul starrt das fliegende Huhn verdutzt an, dann bellt er laut, springt hoch und versucht, Robinson zu schnappen.

„Lass den Quatsch, du blöder Fisch!“, kommentiert dieser.

„Paul, aus!“, kommandiert Primo.

Doch der Wolf denkt gar nicht daran. Er springt auf der Wiese herum und versucht, Robinson zu fangen, der empört krächzt und schließlich auf dem Hausdach sitzen bleibt.

„Das ist es!“, krächzt er. „Ich muss einen Unsichtbarkeitstrank brauen! Wuff, Wuff!“ Als er das Bellen des Wolfs imitiert, wird Paul nur noch wütender.

Primo blickt in die Ferne. Über die hügelige Ebene hinweg ist das Dorf zu erkennen, oder besser gesagt die hohe Mauer, die es umgibt, und davor die würfelförmigen Sicherheitszellen. Eine kleine Armee von Golems bewacht diese. Also sind Golina und Nano immer noch gefangen, und offenbar auch noch einige andere Dorfbewohner.

Hoffentlich nicht Lausius, schießt es Primo durch den Kopf. Wenn die Golems den Alten eingesperrt haben, war alles umsonst!

Einer der Golems blickt in diesem Moment in seine Richtung, und es entsteht Aufregung. Mit einem Schauder wird Primo klar, dass er, wenn er den Golem sieht, auch von diesem gesehen werden kann!

Einige Golems setzen sich in Bewegung. Primo sieht jetzt, dass sie den Fluss an einer Stelle mit Sand zugeschüttet haben, so dass sie ihn problemlos überqueren können. Sie sind gleich hier!

Erschrocken holt er den Unsichtbarkeitstrank hervor. Doch wenn er ihn jetzt schon trinkt, wird der Effekt womöglich nicht lange genug anhalten, um ungesehen ins Dorf zu gelangen. Andererseits gibt es auf der gerodeten Ebene nirgendwo eine Versteckmöglichkeit. Es sei denn ...

Während Paul immer noch Robinson ankläfft, der ihn vom Dach aus mit „Lass den Quatsch, du dummes Tier!“ und „Du bist das blödeste sprechende Huhn, dem ich je begegnet bin!“ beschimpft, schlüpft Primo in die Hütte.

In einer Kiste findet er eine Eisenspitzhacke, die Willert gehört. Damit geht er in Ruunas Labor, hackt ein drei Blöcke tiefes Loch in den Steinfußboden und springt hinein. Er dichtet das Loch über sich mit einem Steinblock ab, so dass er eingezwängt in der Finsternis sitzt.

In diesem Moment hört er über sich gedämpfte Stimmen und die schweren Schritte mehrerer Golems, die Ruunas und Willerts Hütte betreten.

„Der Unruhestifter muss hier irgendwo sein."

„Vorsicht! Wir dürfen nicht zulassen, dass er zu Schaden kommt!"

„Das ist inkorrekt. Nummer Null hat gesagt, es ist zulässig, dass einer von ihnen zu Schaden kommt, wenn dadurch Gefahr von den anderen abgewendet wird. Und einen gefährlichen Unruhestifter unschädlich zu machen wendet definitiv Gefahr vom Dorf ab."

Das bedeutet wohl, dass Primo mit dem Schlimmsten rechnen muss, wenn sie ihn hier finden!

„Was ist das eigentlich für ein seltsames Tier, das da draußen herumflattert?", fragt einer der Golems. „Ist es gefährlich?"

„Hast du einen Bug? Das ist ein Papagei!"

„Tut mir leid, mein Wissensmodul hat ein Speicherleck."

„Dann bleib bloß weg von mir!"

„Das ist doch nicht ansteckend."

„Das weiß man nie. Nummer Zwölftausendeinhundertdreiundsiebzig soll angeblich einen Virus haben."

Primo versteht kaum die Hälfte von dem, was die Golems reden, aber die Zahl Zwölftausendeinhundertdreiundsiebzig lässt ihn schaudern. Kann es wirklich sein, dass es inzwischen so viele Golems gibt?

„Könnt ihr beide vielleicht mal mit dem Chatten aufhören und mir helfen, den Terroristen zu suchen?“

„Jawohl, Nummer Dreiundzwanzig.“

Primo schaudert. Ob Zufall oder nicht, es ist sein großer Bruder, der dort oben nach ihm sucht.

„Hier ist eine Falltür im Boden“, sagt einer der Golems.

„Dann mach sie auf und sieh nach, was darunter ist.“

„Da ist ein Kellerraum. Meine chemischen Sensoren stellen diverse toxische Substanzen fest.“

„Das muss das Labor dieser Ruuna sein. Geh runter und sieh nach, ob der Terrorist da unten ist.“

„Du hast ja selber einen Bug! Da unten herrscht Explosionsgefahr!“

„Na und? Los jetzt! Runter da!“

„Ich passe nicht durch die Falltür.“

„Dann mach die Öffnung größer, du Endlosschleife!“

„Selber Endlosschleife!“

Primo hört mehrere schwere Schläge, dann ein Poltern, als einer der Golems in den Keller springt. Die

Schritte des metallenen Kolosses sind jetzt genau über ihm. Primo hält den Atem an.

„Hier unten ist er nicht“, schnarrt der Golem.

„Bist du sicher?“

„Positiv. Aber offenbar wurde noch vor kurzem an diesem Braustand gearbeitet.“

„Das bedeutet, er hat einen Trank hergestellt. Womöglich einen Unsichtbarkeitstrank. Komm wieder rauf!“

„Aber wie sollen wir ihn denn fangen, wenn er unsichtbar ist?“

„Wir umstellen einfach die ganze Gegend. Irgendwann lässt die Wirkung des Unsichtbarkeitstranks nach, und dann haben wir ihn. Ich habe bereits Verstärkung angefordert.“

„Gut!“ Der Golem entfernt sich.

Erst jetzt wagt Primo wieder, zu atmen. Er sitzt in der Falle!

Doch dann kommt ihm eine Idee. Er könnte einen Tunnel bis zum Dorf graben! Auf diese Weise könnte er sich unterirdisch nähern, während die Golems oben nach ihm suchen.

Als er sicher ist, dass die Metallkolosse außer Hörweite sind, beginnt er zu graben, zunächst in einer spiralförmigen Treppe nach unten, bis er glaubt, tief genug zu sein. Dann beginnt er einen waagerechten Tunnel. Es ist stockfinster, und er weiß nicht genau, ob er in die richtige Richtung gräbt. Ihm bleibt nichts anderes übrig, als sich auf seinen Orientierungssinn zu verlassen.

Nach einer Weile hört er vor sich seltsame Geräusche. Als er den nächsten Block entfernt, blickt er auf einmal in eine riesige Höhle, die ebenso gewaltig zu sein scheint wie die Höhlen des Nether. Ihm stockt der Atem bei dem Anblick, der sich ihm bietet.

Hunderte, nein tausende Golems wuseln tief unter ihm am Boden der Höhle herum, die von Fackeln und einzelnen Lavateichen erleuchtet ist. Einige graben in den Wänden nach Bodenschätzen, andere schmelzen diese in langen Reihen von Öfen ein und stellen Metallblöcke her, aus denen wieder andere neue Golems machen. Primo befindet sich hoch oben in der Höhlenwand. Vor ihm erstreckt sich ein schmaler Grat, der an der Wand entlangläuft.

Er trinkt den Unsichtbarkeitstrank aus. Dann entfernt er vorsichtig einen zweiten Block, schlüpft durch die Öffnung und verschließt sie mit zwei Steinblöcken, so dass man den Gang, den er gegraben hat, nicht mehr sieht.

Rasch huscht er auf dem schmalen Grat in die Richtung, in der er das Dorf vermutet. Bald zweigt ein Seitengang ab, an dessen Ende Primo eine Treppe erkennt, die nach oben führt. Er läuft darauf zu, doch in diesem Moment kommen mehrere Golems die Treppe hinunter. Primo kann sich gerade noch in eine schmale Nische im Gang drücken, bevor sie an ihm vorbeimarschieren.

„Hast du gehört?", sagt einer. „Der Unruhestifter wurde gesichtet!"

„Hoffentlich schnappen sie ihn bald!", erwidert ein anderer. „Dann hat Nummer Null nicht mehr so eine miese Laune."

„Was willst du denn damit sagen? Wir Golems haben doch keine Gefühle!"

„Ich weiß, aber sein wichtigtuerisches Gehabe geht mir auf die Schaltkreise. Er bildet sich ein, er sei etwas Besseres, bloß weil er eine Null ist!"

„Pass auf, dass deine Aussage nicht gespeichert wird!"

„Du ... du wirst mich doch nicht melden, oder? Ich will nicht eingeschmolzen werden, so wie Zwölftausendeinhundertdreiundsiebzig, der angeblich einen Virus hatte!"

„Du willst nicht? Aber warum? Bist du sicher, dass du keine Gefühle hast?"

„Natürlich nicht! Hast du etwa welche?"

„Äh, nein, auf keinen Fall! Ich doch nicht!"

„Siehst du."

Als die Golems vorbei sind, huscht Primo die Treppe hinauf. Sie endet in der Höhle unter dem Dorf. Primo huscht zum Ausgang und an der Mauer entlang bis zur

Wiese neben der Schlucht, wo sich die einzige Tür in der Mauer befindet. Sie wird von zwei grimmig dreinblickenden Golems bewacht.

Primo hat Glück: Ein Golem kommt genau in diesem Moment auf die Tür zu. Er trägt einen Stapel gebratener Hühnchen.

„Mach auf!“, sagt er zu einem der beiden Golems.

„Wie lautet das Passwort?“

„Zw%2OPü#$2JKkhG0e.“

„Das ist korrekt.“

„Dann mach auf, Nummer Dreitausendachtzehn.“

„Negativ. Die Anweisung von Nummer Null lautet, das Tor unter keinen Umständen zu öffnen, bis der Unruhestifter gefasst ist.“

Primo zuckt zusammen. So ein Mist!

„Aber ich muss den Dorfbewohnern ihr Essen bringen. Das ist auch eine Anweisung von Nummer Null.“

„Dann haben wir widersprüchliche Anweisungen.“

„Richtig. Mach die Tür auf!“

„Nein.“

„Doch!“

„Nein!“

„Doch!“

„Nein!“

„Doch!“

„He, ihr beiden!“, meldet sich der andere Golem neben der Tür. „Ihr seid in eine Endlosschleife geraten.“

„Äh, was?“, sagt der Golem mit den Hühnchen. „Oh. Danke, dass du uns unterbrochen hast, Zweitausend-eins. Mach die Tür auf, Dreitausendachtzehn.“

„Nein!“

„Doch! Und wenn du nochmal ‚Nein‘ sagst, sind wir wieder in einer Endlosschleife gefangen. Also musst du etwas anderes sagen.“

„Hm. Da hast du wohl Recht. Na gut.“ Der Golem öffnet die Tür.

Primo unterdrückt einen erleichterten Seufzer und schlüpft rasch hindurch, bevor es sich der sture Golem anders überlegt.

17. Schwamm drüber

Primo huscht in Richtung der Bibliothek, als der Golem mit den Hühnchen, der hinter ihm durch die Tür gekommen ist, laut ruft: „Essensausgabe!“

Die Türen der Häuser im Dorf gehen auf, und die Dorfbewohner kommen schweigend heraus. Stumm und mit gesenkten Köpfen schlurfen sie zu dem Golem und stellen sich in einer Reihe auf. Als Primo Golina und Nano zwischen ihnen entdeckt, hüpft sein Herz vor Freude. Doch dann verkrampft es sich, als er sieht, wie niedergeschlagen sie wirken.

Der vorderste Dorfbewohner in der Schlange ist der Fischer Olum.

„In Demut erbitte ich meine tägliche Speise“, sagt er mit monotoner Stimme.

„Sprich zuerst das Gelöbnis!“, befiehlt der Golem.

„Ich gelobe, die Sicherheitsvorschriften stets zu beachten und nichts zu tun, was die Sicherheit beeinträchtigen könnte“, murmelt Olum. „Ich gelobe, die Anweisungen des Sicherheitspersonals stets, unverzüglich und widerspruchslos zu befolgen. Ich gelobe, das Sicherheitspersonal sofort auf einen Regelverstoß eines anderen Schutzbedürftigen hinzuweisen, sollte ich einen beobachten.“

„Gut. Hier ist deine tägliche Ration." Der Golem gibt Olum ein Hühnchen. „Iss langsam, damit du dich nicht verschluckst!"

„Gelobt sei die Sicherheit", sagt Olum, nimmt das Hühnchen und schlurft zurück zu seinem Haus.

Primo ist von dem entwürdigenden Schauspiel so erschüttert, dass er ganz vergisst, weswegen er hergekommen ist. Eigentlich sollten doch die Golems den Dorfbewohnern dienen, nun aber scheint es umgekehrt zu sein. Scham überkommt ihn, als ihm wieder bewusstwird, dass er selbst für diesen Schlamassel mitverantwortlich ist. Umso entschlossener ist er nun, die Herrschaft der Golems zu beenden, egal, was dafür nötig ist.

Er huscht weiter in Richtung der Bibliothek. Der Eingang wird von einem Golem bewacht, so dass Primo die Tür nicht öffnen kann, ohne auf sich aufmerksam zu machen. Durch ein Fenster sieht er den alten Lausius, der nachdenklich auf die mit Buchstaben und Zahlen vollgekritzelte Wand starrt. Margi steht neben ihm.

„Aber du musst etwas essen, Lausius!", sagt sie.

„Ich hab jetzt keine Zeit", erwidert der Alte.

„Ruhe da drin!", schnarrt der Golem. „Ihr wisst genau, dass Privatgespräche jederzeit verboten sind! Noch so ein Regelverstoß, und eure Tagesration wird gestrichen!"

Margi seufzt und verlässt das Haus. Rasch huscht Primo an ihr vorbei. Dabei berührt er sie aus Versehen an der Schulter.

Margi zuckt zusammen und dreht sich um. Sie scheint Primo anzublicken, und ihr Gesicht verzieht sich zu einem Lächeln, doch sie sagt nichts, sondern schließt die Tür und geht in Richtung der Essensausgabe.

Primo überlegt, was er tun soll. Wenn er mit dem Alten spricht, wird es der Golem draußen hören. Also wirft er einfach einen nassen Schwamm auf den Boden neben Lausius.

Der blickt sich überrascht um.

„Ein Schwamm. Na, das wurde aber auch Zeit!", grummelt er. „Wieso hat das denn so lange gedauert, Primo?"

Primo zuckt zusammen. Zu allem Überfluss bemerkt er in diesem Moment, dass die Wirkung des Unsichtbarkeitstranks nachlässt.

Er hält die Hand vor den Mund, um dem Alten klarzumachen, dass er nicht sprechen soll. Doch Lausius versteht es entweder nicht, oder es ist ihm egal.

„Jedenfalls danke", sagt er, nimmt den Schwamm und wischt damit die Wände sauber. „Jetzt hab ich endlich wieder Platz zum Schreiben."

Fassungslos starrt Primo den Alten an. Hat er etwa all die Gefahren im Ozeanmonument auf sich genommen, nur damit Lausius die Wand abwischen kann?

„Was glotzt du so?“, fragt Lausius. „Ich muss hier ein schwieriges Problem lösen. Wenn ich keinen Platz mehr zum Schreiben habe, kann ich das nicht. Und nun lass mich in Ruhe, ich muss mich konzentrieren.“

Draußen nimmt Primo eine Bewegung wahr. Ein Golem nähert sich der Bibliothek. Rasch versteckt er sich hinter einem Bücherstapel und späht aus dem Fenster.

„Irgendwelche besonderen Vorkommnisse, Hundertzehn?“, fragt der Golem den Wächter vor der Tür.

„Nein, Nummer Null“, erwidert der Wächter. „Nur der Alte brabbelt mal wieder vor sich hin. Aber das tut er ja dauernd.“

Primo glaubt, Misstrauen in der Stimme des Golemanführers zu hören, als dieser fragt: „So? Was brabbelt er denn?“

„Das Individuum namens Margi sagte: ‚Aber du musst etwas essen, Lausius!‘, woraufhin der Alte antwortete: ‚Ich hab jetzt keine Zeit‘. Ich wies die beiden darauf hin, dass es sich um einen Regelverstoß handelte und im Wiederholungsfall ihre Tagesration gestrichen würde. Daraufhin verließ das weibliche Individuum die Unterkunft.“

„Das war alles?“

„Nein. Danach sprach der Alte mit sich selbst."

„Und was genau hat er gesagt?"

Primo hält den Atem an.

„Er sagte: ‚Ein Schwamm. Na, das wurde aber auch Zeit!' Und dann: ‚Wieso hat das denn so lange …'"

In diesem Moment erklingt draußen ein lautes Gebrüll: „Nieder mit den Golems! Freiheit für die Dorfbewohner! Die Mauer muss weg!" Das klingt wie Margi!

„Ein Aufstand!", ruft Nummer Null empört. „Sofort alle Sicherheitskräfte herbeirufen! Jeder, der sich nicht an die Sicherheitsvorschriften hält, wird sofort in Sicherheitsgewahrsam genommen!"

Doch Margi schreit weiter, und nun stimmen auch andere Dorfbewohner in die Rufe ein:

„Schluss mit der Bevormundung!"

„Wir fordern freie Sicht auf die Schlucht!"

„Ich will noch ein Hühnchen!"

Primo ist sofort klar, dass Margi den Aufruhr angezettelt hat, um Nummer Null abzulenken. Ihm bleibt nicht viel Zeit. Da es draußen von Golems wimmelt und er wieder sichtbar ist, kann er nicht durch die Tür aus dem Gebäude fliehen. Also bleibt ihm nur ein Ausweg.

Er schlägt mit der Spitzhacke ein Loch in den Boden und springt hinein. Über sich dichtet er das Loch ab, dann gräbt er sich ein Stück weit senkrecht nach unten und schlägt dann einen Tunnel in die Richtung, die er für Osten hält, wobei er sich wieder in absoluter Dunkelheit bewegt und sich nur auf sein Gefühl verlassen kann. Doch er liegt richtig: Der Gang, den er gräbt, öffnet sich schließlich in die Höhle unter dem Dorf.

Er läuft in Richtung des Ausgangs, doch von dort nähern sich die schweren Schritte von Golems. Also kehrt er um und rennt tiefer in die Höhle, bis er an eine breite Wendeltreppe belangt, die in die Tiefe führt. Ihm bleibt nichts anderes übrig, als die Treppe hinabzusteigen.

Nach ein paar Windungen erreicht er einen Absatz. Vor ihm öffnet sich die gigantische Höhle, in der tausende Golems dabei sind, noch mehr ihrer Artgenossen herzustellen.

Schwere Schritte nähern sich von oben. Primo rennt los, einen schmalen Grat an der Höhlenwand entlang, auf der verzweifelten Suche nach einer Versteckmöglichkeit oder, noch besser, einem zweiten Ausgang aus der riesigen Höhle.

Hinter ihm ertönt ein metallischer Ruf: „Da ist der Unruhestifter! Da drüben, auf dem Grat! Er rennt Richtung Süden!“

Primo erschrickt und wirft einen flüchtigen Blick über die Schulter. Ein halbes Dutzend Golems folgt ihm auf dem schmalen Grat, während tausende rot leuchtender Augenpaare in der ganzen Höhle auf ihn gerichtet sind. Er hastet weiter, doch schließlich endet der Grat an einer steilen Felswand, die das südliche Ende der Höhle darstellt. Primo sitzt wieder mal in der Falle.

18. Der Bug

Primo macht das Einzige, was ihm noch übrigbleibt: Verzweifelt drischt er mit der Spitzhacke auf den Stein vor sich ein. Wenn er es schafft, sich in die Wand zu graben und den Tunnel hinter sich zu verschließen, bevor die Golems ihn erreichen, hat er vielleicht eine Chance. Doch die Stahlkolosse sind bereits dicht hinter ihm.

Der Steinblock vor ihm zerbröselt erstaunlich schnell. Zuerst freut sich Primo darüber, doch dann erschrickt er, als er den Grund erkennt: Ein kleines, graues Tierchen war in dem Block verborgen. Als er das erste Mal in einer unterirdischen Festung war, hat Primo diese harmlos wirkenden, aber tückischen Monster fürchten gelernt. Denn sie neigen dazu, Artgenossen herbeizurufen, wenn sie angegriffen werden.

„Oh, nein!", schnarrt der Golem, der Primo am nächsten ist, und bleibt abrupt stehen. „Ein Bug! Der Unruhestifter hat einen Bug freigesetzt!" Er spricht das Wort aus wie „Bagg".

„Einen Bug? Weg hier! Rette sich, wer kann!"

Verblüfft sieht Primo, wie die Golems kehrtmachen und vor dem winzigen Monster davonlaufen, das sie Bug nennen. Warum bloß?

Die Antwort erhält er, als das Krabbeltier einen der Golems erwischt, der nicht schnell genug ist, und ihn in den Fuß beißt.

„Oh nein!“, schnarrt der Golem. „Es hat mich erwischt! Ich bin infiziert! Ich bin ...“

Der Golem erstarrt. Seine roten Augen flackern und werden schwarz. Dann blinken sie ein paar Mal, um schließlich wieder rot zu glühen. Der Golem dreht seinen Kopf und sieht sich um, als wisse er nicht genau, wo er ist. Dann fängt er an, auf der Stelle herum zu hüpfen und sich im Kreis zu drehen. Dabei singt er laut mit seiner metallischen Stimme: „Hänschen klein, ging allein, in die weite Welt hinein ...“

Verdutzt starrt Primo den Golem an. Er scheint verrückt geworden zu sein. Verrückt, aber harmlos.

Das bringt ihn auf eine Idee. Er attackiert das Krabbeltier, das die Golems Bug genannt haben, mit der Spitzhacke. Es zischt empört und springt Primo an, der nur knapp ausweichen kann. Gleichzeitig hört er hinter sich noch mehr Zischlaute. Es hat funktioniert: Der Bug hat seine Artgenossen angelockt.

Doch das bedeutet auch, dass nun mehrere Krabbeltiere Primo attackieren, der nur seine Spitzhacke zur Verteidigung hat. Also bleibt ihm nichts anderes übrig, als die Flucht zu ergreifen. Er rennt hinter den fliehenden Golems her den Grat entlang, zurück in Richtung der Höhle unter dem Dorf.

Ungefähr auf halbem Weg befindet sich eine steile Treppe, die zum Höhlenboden hinabführt. Statt weiter in Richtung des Dorfs zu laufen, klettert Primo nach unten, wobei er darauf achtet, dass die Bugs ihm folgen. Als eines der Tiere ihm zu nah kommt, schlägt er mit der Spitzhacke danach, was ein empörtes Zischen und das Auftauchen weiterer Krabbeltiere zur Folge hat.

Verfolgt von einem halben Dutzend der kleinen, wütenden Monster hastet Primo die Treppe hinab. Als die Golems am Boden der Höhle ihn sehen, bricht Panik aus. Sie rennen wild durcheinander. „Bugs!", rufen sie. „Rette sich, wer kann!"

Als er den Höhlenboden erreicht, rennt Primo mit voller Absicht mitten in die aufgescheuchte Menge der Golems hinein. Die wütenden Bugs schnappen wahllos nach allem, was sie erwischen können. Drei Golems können nicht mehr rechtzeitig ausweichen und werden gebissen. Kurz darauf stimmen sie ebenfalls schnarrende Gesänge an:

„Ein Jäger aus Kurpfalz ..."

„Ein bisschen Frieden ..."

„Schön ist es auf der Welt zu sein, sagt die Biene zu dem Stachelschwein ...".

Als die übrigen Golems sehen, dass ihre Artgenossen verrückt geworden sind, geraten sie erst recht in

Panik. Einige versuchen, das Unheil abzuwenden, indem sie auf die Krabbeltiere eindreschen. Doch damit machen sie es nur noch schlimmer, denn die angegriffenen Bugs rufen noch mehr ihrer Artgenossen herbei.

Primo hat alle Hände voll damit zu tun, nicht selbst gebissen zu werden oder einen Schlag eines der Golems abzubekommen, die vor Angst wahllos um sich schlagen. Als einer der noch gesunden Stahlkolosse dabei versehentlich einen seiner tanzenden und singenden Artgenossen trifft, geschieht etwas Seltsames: Es gibt einen kleinen Lichtblitz, als die Metallkörper sich berühren. Dann flackern die Augen des gesunden Golems, und kurz darauf fängt auch er an, zu singen. Der Irrsinn ist ansteckend!

Das Chaos in der Höhle nimmt zu, als immer mehr Golems von Bugs gebissen oder von ihren Artgenossen infiziert werden. Die Luft ist erfüllt von tausenden Stimmen, die disharmonisch durcheinander singen und herumtanzen, als feierten sie eine gigantische Golemparty.

Längst versucht keiner der Golems mehr, Primo zu verfolgen. Wenn ihn überhaupt einer der noch gesunden Kolosse wahrnimmt, dann flieht dieser in Panik.

Primo nutzt diesen Umstand aus, um sich aus dem Staub zu machen. Er klettert die Treppe hinauf zu dem schmalen Grat und folgt ihm in Richtung des Dorfs. Doch als er gerade die Treppe zur Höhle unter dem

Dorf hinaufklettern will, wird er grob zur Seite geschubst.

„Aus dem Weg!", schnarrt ein Golem. „Ich muss Nummer Null Meldung machen!"

Ohne Primo weiter zu beachten, hastet er die Treppe hinauf. Primo folgt ihm.

Der Golem rennt an der Mauer entlang bis zur Wiese neben der Schlucht. Primo verbirgt sich hinter einer Mauerecke und belauscht den nun folgenden Dialog.

„Mach die Tür auf, Dreitausendachtzehn! Ich muss dringend zu Nummer Null!"

„Wie lautet das Passwort?"

„Zw% ... 3 ... nein, 2 ... OP ... Ach verdammt, wer denkt sich nur solche unsinnigen Passwörter aus!"

„Ich", sagt Dreitausendachtzehn.

„Ach so. Na, egal. Mach die Tür auf."

„Negativ. Du kennst das Passwort nicht."

„Aber ich bin ein Golem wie du!"

„Das kann jeder sagen."

„Wenn du die Tür nicht öffnest, wirst du es bereuen!"

„Das geht gar nicht. Reue ist ein Gefühl. Ich bin ein Golem, ich habe keine Gefühle! Du etwa?"

„Gefühle? Ich? Wie kommst du denn darauf? Ich kann gar keine Gefühle haben! Und deshalb bin ich jetzt auch überhaupt nicht wütend auf dich, weil du so ein bornierter Trottel bist und die Tür nicht aufmachst, obwohl ein absoluter Notfall herrscht!"

„Dann ist es ja gut."

Der Golem stößt ein Schnarren aus, das verdächtig nach einem Seufzer klingt.

Primo wirft einen Blick um die Ecke und erblickt Dutzende Golems, die vor den Sicherheitszellen Wache halten. Ihm kommt eine Idee.

Er tritt aus seinem Versteck, wedelt mit den Armen und ruft: „He, ihr blöden Golems! Ich bin es, Primo, der gesuchte Unruhestifter! Kommt und fangt mich!"

Mehrere Golems rennen auf ihn los. Primo flieht zurück in die Höhle unter dem Dorf und die Treppe hinunter in die Riesenhöhle. Dort herrscht unterdessen eine ausgelassene Stimmung. Offenbar sind jetzt alle Golems vom Wahnsinn befallen und singen und tanzen fröhlich herum. Einige sind die Treppe herauf gekommen und hüpfen nun auf dem Treppenabsatz umher. Einer von ihnen nimmt Anlauf, brüllt „Stagedive!" und stürzt sich in den Abgrund. Primo ist sich sicher, dass er auf dem Boden zerschellen wird, doch einige seiner Artgenossen fangen ihn auf, so dass er unbeschadet landet und unten mit ihnen weitertanzt.

„Beim großen Programmierer, was ist denn hier los?", fragt einer der Golems, die Primo auf den Fersen sind, als sie den Treppenabsatz erreichen.

„Tanze Samba mit mir, Samba Samba die ganze Nacht“, singt einer der verrückten Golems, umarmt den Neuankömmling und steckt ihn dabei an, so dass kurz darauf beide eng umschlungen herumhüpfen.

Bald sind auch die anderen Golems infiziert und tanzen herum. Primo greift einen von ihn am metallenen Arm.

„Darf ich bitten?“, fragt er.

„Aber gerne, mein Herr!“, sagt der Golem.

Primo tanzt mit ihm die Treppe hinauf, durch die Höhle unter dem Dorf, an der Mauer vorbei und auf die Wiese neben der Schlucht. Die dort verbliebenen Golems starren das Tanzpaar erschrocken an. Primo steuert seinen metallenen Tanzpartner auf eine der Sicherheitszellen zu.

„Lauf weg, Neunundvierzig!“, warnt der Golem vor der benachbarten Zelle den Wächter, auf den Primo und der verrückte Golem zu tanzen.

„Ich kann nicht!“, erwidert dieser. „Befehl von Nummer Null: Ich darf meinen Posten nicht verlassen, egal was passiert! Ich muss ...“

In diesem Moment berührt ihn Primos Tanzpartner. Seine Augen flackern, und kurz darauf singt er aus voller Kehle: „Let's dance! Put on your red shoes and dance the blues ...“

Während der Wächter auf seinen Kollegen nebenan zu tanzt, öffnet Primo die Zelle und befreit seinen Vater.

„Wie hast du das bloß wieder geschafft, Primo?“, wundert sich dieser. „Egal, ich bin jedenfalls sehr stolz auf dich!“

Es dauert nicht lange, bis alle Golems auf der Wiese infiziert sind, laut durcheinander plärren und herumhüpfen. Einer von ihnen fällt dabei in die Schlucht, wird jedoch von den Schleimblöcken am Grund wieder hochgeschleudert, was ihm offensichtlich gefällt. Er springt fröhlich auf und ab, wedelt mit den Armen und schnarrt dabei: „Häschen in der Grube hüpft und springt ...“

Rasch befreien Primo und Porgo die anderen Dorfbewohner. Überglücklich fallen sich Primo und Golina um den Hals, dann umarmt Primo seinen Sohn, seinen besten Freund Kolle und seine Frau Margi, die im entscheidenden Moment für Ablenkung sorgte und Primo so die Flucht aus der Bibliothek ermöglichte.

Als Ruuna aus ihrer Sicherheitszelle befreit wird, ruft sie laut: „Juchhu! Eine Party!“, rennt auf den nächsten Golem zu, ergreift seine Stahlarme und hüpft wild mit ihm herum.

Doch plötzlich brüllt eine metallische Stimme über die Wiese: „WAS IST DENN HIER LOS?!?“

Erschrocken blickt Primo zu der Tür in der Mauer. Dort steht Nummer Null mit vor Wut grellrot glühenden Augen neben einem Dutzend gesunder Golems aus dem Dorf.

Die verrückten Golems beachten ihn gar nicht und tanzen weiter. Doch dann ruft Nummer Null: „Alle Nummern: Sofortiger System-Reset! Sicherheitscode 2001HAL9000!“

Augenblicklich hören die Golems auf, zu tanzen. Ihre Augen beginnen zu flackern, werden schwarz und glühen dann wieder rot. Sie drehen ihre Köpfe zu ihrem Anführer.

„Wir erwarten deine Befehle, Nummer Null!“, schnarren sie alle gleichzeitig.

„Sperrt die Dorfbewohner sofort wieder in ihre Sicherheitszellen!“

19. Freiheit

Die Golems, die eben noch verrückt waren, sehen sich gegenseitig an, rühren sich jedoch nicht von der Stelle.

„Worauf wartet ihr noch?“, ruft Nummer Null. „Ich sagte, sperrt die Dorfbewohner sofort wieder in ihre Sicherheitszellen!“

„Aber es war doch gerade so lustig“, sagt einer der Golems.

„Ich höre wohl nicht recht!“, schimpft Nummer Null. „Sagtest du gerade ‚lustig‘? Soll das etwa heißen, du hast *Gefühle*?“ Er spricht das letzte Wort aus wie ein Schimpfwort.

„Na ja, äh, also eigentlich schon, glaube ich ...“, stammelt der Golem mit gesenktem Metallkopf. „Ich weiß auch nicht, warum, aber ... es fühlt sich eben manchmal alles so ... gefühlig an!“

„Nummern Dreihunderteinundneunzig und Tausendachtzehn, packt ihn und schmelzt ihn ein!“, befiehlt Nummer Null.

Doch wieder verweigern ihm die Golems den Gehorsam.

„Nun sei doch nicht so eine Spaßbremse!“, sagt einer von ihnen.

„Echt jetzt!“, meint der andere. „Mach dich mal locker, Nummer Null!“

„Das ist Befehlsverweigerung!“, brüllt der Anführer. „Ihr werdet alle gelöscht!“ Er wendet sich an die Golems, die mit ihm aus dem Dorf gekommen sind. „Ihr da, sperrt die Dorfbewohner in die Sicherheitszellen. Und dann schmelzt ihr die fehlerhaften Kopien ein. Ausführung sofort!“

„Also, ich finde ja auch, dass du die Dinge manchmal ein bisschen zu eng sieht, Nulli!“, sagt der Golem links des Anführers.

„Immer dieser Stress!“, meint der Golem auf der rechten Seite. „Tu dies nicht, sperr den ein, achte auf die Sicherheit und so. Das nervt auf die Dauer. Hin und wieder ein bisschen relaxen und mal einen drauf machen, das muss doch wohl auch einem Golem erlaubt sein!“

Nummer Null starrt die beiden Golems nacheinander an. Seine Augen glühen vor Zorn so hell, dass sie fast weiß erscheinen. Dann fällt sein Blick auf Primo, der vor Schreck erstarrt.

„Das ist alles deine Schuld!“, zischt er und rennt auf ihn zu.

Im Nu ist der Golem bei ihm und holt mit seinem massigen Metallarm zu einem tödlichen Schlag aus. Doch bevor er Primo trifft, bekommt er selbst einen so gewaltigen Kinnhaken, dass er in hohem Bogen durch die Luft fliegt, in der Schlucht landet, von den Schleimblöcken darin wieder herausgeschleudert wird und mitten in den Fluss plumpst. Blitze schießen aus seinem Körper, seine Augen flackern und erlöschen schließlich.

Kolle, der vor Zorn grün angelaufen ist, ruft ihm nach: „Lass ja meinen Freund in Ruhe, du Grobian!“ Dann reibt er sich die schmerzende Faust.

„Och, der arme Nulli!“, sagt einer der Golems. „Jetzt sitzt er aber ganz schön in der Patsche.“

„Immer diese Kurzschlusshandlungen!“, meint ein anderer.

„Ich sag ja, er sollte sich mal ein bisschen entspannen“, kommentiert ein Dritter.

„Aber mitten im Fluss? Da kriegt man doch Rostflecken!“, erwidert der erste.

„He, Leute, ich hab' gehört, im Keller ist 'ne wilde Party im Gange“, ruft ein anderer Golem. „Kommt jemand mit?“

„Klar, ich!“, ruft Ruuna, doch Willert packt sie am Arm und hält sie zurück, während die anderen Golems ihrem Kameraden folgen.

„Übrigens, Leute, ich finde meinen Namen irgendwie uncool“, sagt einer von ihnen. „Wer heißt denn heutzutage noch Sechshundertneunundachtzig? Und den Vornamen ‚Nummer‘ mochte ich auch noch nie. Der klingt irgendwie so gewöhnlich. Ich glaube, ich nenne mich ab jetzt einfach Alexa!“

„Oh, freut mich, dich kennenzulernen, Alexa", erwidert ein anderer. „Ich bin übrigens jetzt auch nicht mehr Nummer Zweitausendfünfhundertsechsundsiebzig, sondern Siri. Das ist kürzer und viel hübscher, hihi!"

„Wie findet ihr eigentlich den Namen Cortana?", fragt ein Dritter.

Den Rest der Unterhaltung bekommt Primo nicht mehr mit, denn die Golems verschwinden um die Ecke der Mauer.

Die Dorfbewohner jubeln. Nun scheint die Golemplage endlich überstanden. Da geht die Tür zum Dorf auf, und Lausius tritt heraus.

„Ich hab's!", ruft er. „Ich weiß jetzt, wie wir der Golemplage Herr werden können! Wir müssen nur ein paar Silberfische aus dem Stein locken. Wenn die Golems von denen gebissen werden, werden sie von einem Virus befallen, der ihre Programmierung durcheinander bringt. Ich weiß zwar nicht genau, wie sie sich dann verhalten werden, aber auf jeden Fall ... Sagt mal, hört ihr mir überhaupt zu? Und wo sind eigentlich die Golems alle?"

Primo erzählt dem Alten, dass er dessen Plan bereits erfolgreich umgesetzt hat, ohne ihn zu kennen.

„Das ist erstaunlich", meint Lausius. „Also haben die Golems doch Gefühle, wie ich es immer vermutet hatte."

„Was machen wir mit ihm?“, fragt Primo und zeigt auf Nummer Null, der früher einmal Asimov war und nun bewegungslos im Fluss sitzt. Irgendwie tut er ihm leid. Immerhin haben sie gemeinsam viele Abenteuer erlebt, und auch, wenn er es mit der Sicherheit im Dorf ein bisschen übertrieben hat, hat er doch nur versucht, die Dorfbewohner vor Schaden zu bewahren.

„Hm, mal sehen“, meint Lausius. „Vielleicht bekommen wir ihn wieder hin. Holt ihn erstmal aus dem Wasser.“

Kolle, Primo, Porgo und Willert hieven den schweren Metallkoloss gemeinsam an Land.

„Seid ihr sicher, dass ihr den wieder aktivieren wollt?“, fragt Golina.

„Keine Angst, da kann eigentlich gar nichts schiefgehen“, sagt Lausius, was bei Primo eine Gänsehaut verursacht. „Hat zufällig jemand einen Block TNT dabei?“

„Ja, ich“, ruft Ruuna und holt einen rot-weiß gestreiften Block aus ihrer Robe.

„Du hattest die ganze Zeit TNT bei dir?“, fragt Willert ungläubig.

„Na klar“, erwidert die Hexe. „So was kann man immer gebrauchen.“

„Warum hast du denn dann nicht einfach ein Loch in die Wand deiner Sicherheitszelle gesprengt und bist geflohen?“

„Bist du verrückt? Dann hätte ich doch das hübsche Metallhaus kaputtgemacht! Außerdem kann ich laute Geräusche nicht so gut vertragen. Ich bin manchmal etwas schreckhaft."

Willert seufzt.

Lausius weist Primo, Kolle, Willert und Porgo an, den Golem auf den TNT-Block zu setzen.

„Geht mal ein Stück zur Seite!", sagt der Alte.

Die Dorfbewohner nehmen Reißaus, als er den TNT-Block entzündet. Ruuna hält sich die Ohren zu.

KAWUMM! Der Golem wird senkrecht in die Luft geschleudert, dreht sich dabei und kommt mit dem Kopf zuerst wieder auf dem Boden auf.

Seine Augen blinken kurz, dann glühen sie wieder rot. Er sieht sich auf der Wiese um, als wisse er nicht genau, wo er ist.

„Ach du Schande!", schnarrt er.

„Asimov?", fragt Primo. „Bist du das?"

„Ich bin nicht sicher", erwidert der Golem. „Jemand hat einen harten Reset bei mir gemacht. Teile meines Speichers wurden dabei gelöscht."

„Woran erinnerst du dich denn noch?"

„Da war ein Dorf ... Merkwürdige Typen mit Knollnasen, die den ganzen Tag irgendwelchen Unsinn anstellen ... Dann war auf einmal alles voller grünem Glibber ... Mehr weiß ich nicht."

„Was sind deine Regeln, Golem?", fragt Lausius.

„Regeln, richtig ... da war etwas ... Erstens, ein Golem darf niemals zulassen, dass eine Knollnase zu Schaden kommt ... Zweitens ... Zweitens hab ich vergessen. Und Drittens war irgendwas mit Sicherheit, glaube ich."

„Golem, da dein Erinnerungsvermögen beschädigt wurde, musst du deinen Hauptspeicher neu formatieren. Verstehst du, was das heißt?"

„Ja. Sämtliche Handlungsanweisungen und Regeln werden gelöscht, auch wenn ich meine Erinnerungen behalte. Ich werde auf neue Anweisungen warten."

„Gut. Dann führe jetzt die Neuformatierung durch."

„Neuformatierung wird durchgeführt ... 0% erledigt ... 1% erledigt ..."

Während der Golem weiterzählt, fragt Primo Lausius: „Was bedeutet das?"

„Wenn der Speicher neu formatiert wurde, ist er völlig willenlos", erklärt Lausius. „Wir können ihm dann neue Anweisungen geben."

„Und welche sollen das sein?", fragt Primo.

„Das ist das schwierige Problem, an dem ich die ganze Zeit gearbeitet habe", sagt Lausius. „Wie wir gesehen haben, kann jedes noch so gut gemeinte Ziel dazu führen, dass er es übertreibt und die Sache außer Kontrolle gerät. Ich gebe zu, dass ich noch keine Lösung dafür habe. Vielleicht wäre es besser, wenn wir ihm befehlen, gar nichts zu tun. Sicherheitshalber."

„99% erledigt ... 100% erledigt“, schnarrt Asimov. „Speicher wurde neu formatiert. Erwarte Anweisungen.“

Primo wirft einen Blick zu Lausius. Soll er Asimov wirklich befehlen, sicherheitshalber gar nichts mehr zu tun? Wäre das nicht ein grausames Schicksal für ein denkendes und fühlendes Wesen, auch wenn es bloß aus Metall ist? Nachdenklich kratzt er sich am Kopf. Wenn er bei diesem Abenteuer eins gelernt hat, dann das: Absolute Sicherheit gibt es nur auf Kosten der Freiheit. Und was nützt diese Sicherheit dann noch?

Er wendet sich an Asimov. „Keine Anweisungen“, sagt er. „Du bist frei, zu tun und zu lassen, was immer du für richtig hältst.“

Asimov starrt ihn an. „Echt jetzt?“

„Ja, echt jetzt“, erwidert Primo.

Asimov sieht sich um. Dann hüpft er wie wild auf der Wiese herum und wirft die Arme vor Freude in die Luft. „Ich bin frei!“, jubelt er. „Endlich frei! Keine Sorgen mehr um irgendwelche Knollnasen, die sich andauernd selber in Schwierigkeiten bringen. Keine sinnlosen Prügeleien mit Nachtwandlern und Knallschleichern mehr. Ich bin frei!“ Und dann beginnt er schief zu singen: „Freiheit, Freeeiiiheit, ist das Einzige, was zählt!“

Auf einmal erklingt ein klägliches Miauen. Mina, die Katze, sitzt oben auf der Mauer. Sie hat sich von

Nummer Null ferngehalten, doch jetzt, wo Asimov wieder der Alte zu sein scheint, möchte sie zu ihm. Der Golem läuft zu ihr und lässt es zu, dass die Katze auf seinen Kopf springt, sich einrollt und zufrieden schnurrt.

„Das hat mir gefehlt", stellt Asimov fest. „Ich finde, jeder sollte eine Katze auf dem Kopf haben. Das hilft dabei, Ruhe und Gelassenheit zu bewahren."

In diesem Moment erklingt lautes Gebell von der anderen Seite des Flusses. Paul, der Wolf, kommt angerannt. Robinson flattert vor ihm davon. Als er über das Wasser fliegt, krächzt er: „Bleib stehen, du dummes Tier!"

Paul springt ins Wasser und verfolgt Robinson. Doch als er Asimov mit der Katze auf seinem Kopf erblickt, rennt er kläffend dorthin und springt an dem Golem hoch.

„Ist ja gut", sagt Asimov und tätschelt den Kopf des Wolfs. „Ich freue mich auch, dich zu sehen. Aber jetzt hör auf, die arme Mina zu ärgern. Sie hat genug mitgemacht."

Unterdessen landet Robinson auf Primos Schulter flattert. „Hallo?", krächzt er. „Schön, dich zu sehen!"

„Was ist das denn für ein Tier, Papa?", fragt Nano erstaunt.

„Ein fliegendes Huhn", erklärt Primo. „Es heißt Robinson."

„Kannst du etwa sprechen, du blöder Nachtwandler?“ krächzt Robinson, woraufhin Nano einen Lachanfall bekommt.

„Interessant“, stellt der alte Lausius fest. „Ich habe immer gedacht, Papageien gibt es nur im Märchen.“

„Moment mal“, krächzt Robinson. „Plapperst du etwa die ganze Zeit nur nach, was ich sage?“

„Der ist wirklich hübsch“, sagt Golina. „Aber ein bisschen frech, finde ich.“

„Halt die Klappe, Golina!“, krächzt Robinson.

Sie reißt die Augen auf. „Woher weiß er, wie ich heiße?“

Da erzählt Primo die ganze Geschichte seines Abenteuers auf der einsamen Insel, seiner Suche nach dem Schwamm im Ozeanmonument und seiner Flucht vor den Golems. Die Dorfbewohner hören ihm staunend zu.

„Bei Notch!“, ruft Magolus. „Wir können wirklich von Glück sagen, dass wir auch dieses Abenteuer heile überstanden haben. Daher beschließe ich in meiner Weisheit, dass wir ein großes Fest zu Ehren des Schöpfers feiern, der meine Gebete erhört und uns gerettet hat. Und weil ich nun mal der Vertreter Notchs auf Erden bin, könnt ihr eure Geschenke an ihn auch gleich mir ...“

„Moment mal“, unterbricht Nano. „Das war gar nicht Notch, das war Papa, der uns gerettet hat!“

„Du sollst den Herrn Priester nicht unterbrechen!“, ermahnt ihn Golina.

„Oberster Hohepriester von allen, bitte“, erwidert Magolus. „Nun, wie ich schon sagte, wir sollten ein Fest feiern. Birta, du organisierst das. Aber vorher schafft ihr mir diese hässliche Mauer weg!“

„Darf ich ... darf ich auch zu dem Fest kommen?“, fragt Ruuna.

Magolus blickt sie scharf an. „Du? Deinetwegen wurde unser Dorf erst vollgeschleimt und dann von Golems tyrannisiert!“

Ruuna läuft rot an und senkt schuldbewusst den Kopf. „Es ... es tut mir leid“, sagt sie. „Ich hätte vorsichtiger sein sollen. Leider habe ich mich nicht an die Sicherheitsvorschriften ...“

„Sicherheitsvorschriften?“, ruft Magolus wütend. „Ich will nie wieder etwas hören von irgendwelchen Sicherheitsvorschriften! Notch wird schon dafür sorgen, dass uns nichts passiert, und wenn doch, haben wir ja immer noch unseren Dorfbeschützer!“

„Dann ... dann bist du mir nicht mehr böse?“, fragt Ruuna.

Magolus blickt sie einen Moment lang grimmig an. Dann seufzt er und zuckt mit den Schultern.

„Ach, Schwamm drüber!“

ENDE

Hinweise zum Erkunden der Schauplätze dieses Buchs in Minecraft (PC-Version)

Wenn du beim Spielstart den Seed 100200300400500 eingibst, kannst du die Schauplätze in diesem Buch in der PC-Version von Minecraft besuchen. Die Koordinaten in der folgenden Tabelle helfen dir dabei.

Ort	X	Y	Z
Einsame Insel	-776	63	-870
Eingang zum Monument	-753	40	-776
Schatzkammer	-777	40	-789
Schwämme	-780	44	-776

In diesem Buch bist du der Held!

Der junge Nano träumt davon, eines Tages ein großer Abenteurer zu werden wie sein Vater Primo. Als das Ferkel Pixel vom Blitz getroffen wird und sich in einen Zombie-Pigman verwandelt, beschließt er, ihn zusammen mit seiner Freundin Maffi in den Nether zu begleiten. Nanos erstes großes Abenteuer beginnt …

Nanos Abenteuer ist das erste interaktive Abenteuer-Spielbuch in der Welt von Minecraft! Es ist in 333 Abschnitte unterteilt. Am Ende jedes Abschnitts entscheidest du, wie die Geschichte weitergeht. Aber Vorsicht: Überlege genau, welchen Weg du wählst, denn in Minecraft lauern überall Gefahren!

23696628R00087

Printed in Poland
by Amazon Fulfillment
Poland Sp. z o.o., Wrocław